收集德国好时光
——小镇生活风物记

Schöne Momente in Deutschland
——Idyllisches dörfliches Leben

[德] 洪莉 著

书中图片全部由
洪莉和她的德国先生沃夫冈（Wolfgang Kalischke）拍摄

图书在版编目（CIP）数据

收集德国好时光.1,小镇生活风物记/（德）洪莉著.——北京：华夏出版社，2017.1

ISBN 978-7-5080-9006-1

Ⅰ.①收… Ⅱ.①洪… Ⅲ.①随笔–作品集–德国–现代 Ⅳ.①I516.65

中国版本图书馆 CIP 数据核字（2016）第 260494 号

收集德国好时光——小镇生活风物记

著　　者　[德] 洪　莉
责任编辑　朱　悦　陈志姣
责任印制　刘　洋

出版发行　华夏出版社
经　　销　新华书店
印　　刷　北京华宇信诺印刷有限公司
装　　订　三河市少明印务有限公司
版　　次　2017 年 1 月北京第 1 版　　2017 年 1 月北京第 1 次印刷
开　　本　720×1030　1/16
印　　张　14
字　　数　162 千字
定　　价　49.80 元

华夏出版社 网址：www.hxph.com.cn 地址：北京市东直门外香河园北里4号 邮编：100028
若发现本版图书有印装质量问题，请与我社营销中心联系调换。电话：（010）64663331（转）

来自德国市长的问候

亲爱的读者：

  在这本书里，洪莉女士描写了她在德国的生活经历。洪女士来自于一个不同于德国文化的国度。在德国，在这个最初对她来讲完全陌生的国家、陌生的文化和陌生的人群中，她找到了自己的位置，还学会了去发现新故乡的可爱和新生活的美好。

  洪女士长期定居在德国的小城镇，与德国人朝夕相处。这里的人们有着完全不同的文化和风俗习惯，人与人之间交往密切。

  文化是一个民族最宝贵的财富。而一个民族所特有的习俗、礼仪和传统，既是连接本民族的纽带，也是将其与其他人群联系在一起的纽带。

  文化以一种独特的方式，为人们提供了一个澄清价值观和前景观的空间。从文化中，人们汲取力量，获得归属感，找到生命之源，从而紧密地联系在一起。换句话说，文化是人类劳作的结果。

  而这样的"劳作"是从一件件微不足道的小事情开始的，发生在小范围内部，比如邻里之间或协会成员之间。如果你学会了如何与身边的人和睦友好地相处，那么走遍整个德国都应该不成问题。

  我诚挚推荐各位品读此书，并且盛情邀请大家来德国观光旅游，从北海游到阿尔卑斯山。希望各位和洪女士一样，也能够发现德国的"美好"。

  致以真挚的问候！

德国霍尔特市市长

克劳斯·克莱恩库恩

（翻译：杨悦）

Liebe Leserin,
lieber Leser,

in diesem Buch schreibt die Autorin über ihr Leben und ihre Erfahrungen in Deutschland. Sie kommt aus einem anderen Kulturkreis und findet sich in einem zunächst völlig fremden Land, in einer ihr fremden Kultur und inmitten ihr unbekannter Menschen zurecht und lernt sogar, dieses neue Land, ihr neues Leben, schön zu finden.

Und dabei lebt sie in der kleinsten gemeinsamen Zelle des Gemeinwesens in Deutschland, in einer kleinen Gemeinde mit ganz bestimmten Sitten und Gebräuchen, in einer ganz anderen Kultur.

Und diese Kultur ist es, die den wahren Reichtum eines Volkes ausmacht, seine Bräuche, Rituale und andere Traditionen sind das Band, das die Menschen einer

Nation untereinander und mit anderen Völkern verbindet.

Kultur ist in ganz besonderer Weise der Raum, in dem sich die Gesellschaft ihrer Werte und Zielvorstellungen vergewissert, sie stärkt die Menschen, schafft Zugehörigkeit, das Bewusstsein der Verwurzelung und trägt damit zum gesellschaftlichen Zusammenhalt bei. Oder anders gesagt: Kultur ist das Ergebnis menschlicher Arbeit!

Und diese Art der „Arbeit" ist zuerst in einer ganz kleinen Gemeinde zu spüren, dort wo die Menschen in besonderer Weise in Nachbarschaften und Vereinen ihre kleine Gemeinschaft pflegen. Und wer hier lernt, mit seinen Mitmenschen zusammen zu leben, der kommt überall in unserem Lande zurecht.

Ich lade Sie ein, nach der Lektüre des Buches unser schönes Land zu besuchen. Lernen Sie Deutschland kennen von der Nordsee bis zu den Alpen und Sie werden das auch „schön" finden.

Es grüßt Sie herzlichst

Klaus Kleinenkuhnen
Bürgermeister in Rheurdt

目录

one

玫瑰村庄莎蒲森

我居住的德国小村庄
在风车磨坊结婚　004
金苹果与八角鹿头之地　007
低调的"金字招牌"　016

德国人怎样过周末
在庆典中享受生活好时光　020
邻里情深的花园街邻居节　023
马可家的十月啤酒节　034
非洲手鼓节之夜　036

秋收节奇遇记
地摊拾趣之乐　040
藏在老农庄里的中国之谜　042
大作家托马斯·曼的写字台　047

贵族们如今这样生活
村外有座私人古堡　050
三分之一的家产　053
贵族也要"自己动手，丰衣足食"　056
古堡人家的生意经　058
真正的贵族精神　060

德国人的故土情深
家乡博物馆：几百年的生活痕迹　062
家乡歌谣：爱不但要意会，更要言传　068

德国男人的工具库
邻家男人都是能工巧匠　076
自家房子自己造　079

德国女人的持家之道
土豆煎蛋要用五个锅？　082
对卫生间的"洁癖"要求　087

人人都是"园艺师",家家都有"世博园"
"前花园"和"后花园"　090
悠然慢生活　093

two
德国人都是"动手派"

three

过这村，没这店

农庄土豆小木屋

投钱拿货全自助　104

和农庄主一起收土豆　107

五十年花店　110

路边自选花架和原野自采花田

老花匠的小花架　114

原野花仙子　116

小镇飞来"送子鸟"
不速之客　120

定居　122

去而复返　126

莎蒲森小村野生动物观察笔记
住在隔壁划地盘的野鸡夫妇　128

爬行动物馆的儿童活动日：与小蜥蜴亲密接触　131

来家里做客的松鼠宝宝　135

与大自然的生灵比邻而居

为兴趣爱好奉献终生

德国人的兴趣小组——社团协会
社团协会无处不在　140
车库里打出来的乒乓球协会　141
奉献精神　143
经常"吵架"的理事会议　147

兴趣在协会发扬光大
世界杯冠军的民众基础和团队精神　149
男声合唱协会和家乡花园建设协会　152
射击协会一年一度的"国王"登基大典　153

救火也是兴趣爱好？
德国的独特消防建制　159
莎蒲森志愿消防队　161

不朽的圣诞情结
圣诞节从逛圣诞市场开始　166
到圣诞树森林去野餐　170
美丽平安夜　172

邻居一起迎元旦　175

传承行善美德的"圣马丁节"
好人马丁的传奇故事　179
马丁精神的传承　181
做一个独一无二的灯笼　186

打造浪漫的银婚花园
共搭幸福门　188
银婚庆典　191

生命不息，庆生不止
逢五逢十的小庆和"半百"大庆　194
跳"天鹅湖"和表演莎士比亚戏剧的庆生会　196
筹办婆婆的85岁生日庆典　200

后记
美好的生活仍在继续　203
致谢　209

一颗永远热爱过节的心

湛蓝的天空，纯净的白云，清新的空气，绚丽的晚霞，原野生机盎然，四季色彩斑斓。我迷恋这里纯净的自然环境和恬静的生活。

玫瑰村庄莎蒲森

- 我居住的德国小村庄
- 德国人怎样过周末
- 秋收节奇遇记
- 贵族们如今这样生活
- 德国人的故土情深

我居住的德国小村庄

在风车磨坊结婚

时光飞逝,转眼我在德国已经度过了 25 个春秋,在这个田园小镇也已生活了 18 年。梳理这 18 年的小镇生活岁月,情不自禁感慨,这是我一生至今最美好的时光!

我居住的小镇在德国西部,位于北莱茵－威斯特法伦州(Nordrhein-Westfalen,简称北威州)莱茵河下游西岸地区。这里地势平坦辽阔,是德国主要的麦子产区,到处可见大片的麦田,春天绿油油,夏天黄盈盈。麦粒收割后,

蓝天白云之下，遍地排列整齐的一捆捆麦秆圆卷，映射着耀眼的金辉。

下莱茵河地区水草丰盛，河溪遍布。利用溪流带动木转轮磨面，或利用风力带动风车磨面，最早就是在这里兴起的。风车磨面是古代人们充分利用自然环境的发明创造，将人们从抱碾子

蓝天白云下遍地的麦秆圆卷

推磨的繁重劳动中解放出来，实现了原始"机械化"生产。在中世纪，有磨坊的地方可算是"经济发达"的地区，磨坊主都算"土豪"。

德国人特别珍爱古老传统的东西。现在下莱茵河地区到处都保留有古老的风车磨坊，有的作为当地的历史文物景点，有的作为私家住宅，也有的地方甚至还在利用风车磨面，并用传统石炉烤制面包。这种地道的散发着淳厚香味的面包，比现代电烤炉烤出的面包更让德国人钟情。更多的地方是将风车改建为当地的小民俗博物馆，供人们参观怀旧。

我们小镇的山坡上也有一座矗立了两百多年的风车磨坊，现在是青少年野外郊游宿营的一个据点。在古老的风车磨坊里过夜，相信会让孩子们振奋神往。磨坊最顶层那间所有角度

穿过这片森林就进入了我们莎蒲森小镇。

霍尔特小城山坡上保存完好的老风车磨坊

都有窗户的"全景房间",被政府作为结婚登记处使用。有愿意在这个别致的地方注册结婚的可以事先预约并少付费用,届时政府官员会带着文件和公章来这里履行登记程序,宣布婚姻生效。我和我先生就是在这个磨坊顶层的"全景房间"里进行官方登记结婚的。这么童话般浪漫的事,我们当然不会错过。

镇外山坡上这座矗立了两百多年的风车磨坊现在是青少年野营地。

野外的公交车站

金苹果与八角鹿头之地

我们这个小城镇叫 Rheurdt，这个地名不是地道的德语，很多德国人都念不准，我搬来后念了很久才念对，翻译成中文更难了，中文发不出这个音来，且就叫"霍尔特"吧。霍尔特不大，却和德国其他城镇一样有着悠久的历史，于1294年开阜，历史上曾隶属于格尔德恩公国，也曾被普鲁士王国及法国占领过。德国城镇不论大小都有自己的徽标，徽标世代传承，不会因政府迭替而改变，更不会被取消。霍尔特

霍尔特徽标
三个金苹果下金十字
银雄八角鹿头

霍尔特徽标下的
蓝天金色旗帜

地方徽标是蓝天下一只鹿角间插着金十字的银雄八角鹿头，上方有三个金苹果。地方旗帜是蓝色中镶着金色，它源自古格尔德恩公国。徽标旗帜在这里随处可见，市政厅旗杆上、小城报刊首封上、各种民间庆祝活动上……比比皆是，它是让小城人民自豪的"品牌商标"。当然，进入了网络时代，小城也有了自己的官方网页，浓郁的深绿色主色调，两个可爱的红苹果，野菊花摇曳，一股清香的田野气息扑面而来。

霍尔特城镇面积达三十多平方公里，现有居民六千六百多人，距荷兰边界才20公里，因而这里的方言和荷兰语类似，民间习俗也有相近之处。霍尔特是由两个镇和外围几个

霍尔特小城官网首页

三个金苹果下金十字银雄八角鹿头的徽标旗帜飘扬在射击节上。

小村组成的,大镇叫霍尔特,小镇叫 Schaephuysen,我就住在这个小镇里。我给小镇译了一个田园味十足的中文名,叫"莎蒲森",平常我更乐意称它"村儿"。据说,霍尔特城徽标上插着金十字的银雄八角鹿头,就是取自于莎蒲森守护神圣胡贝图斯的传说。

莎蒲森的历史比"市府"霍尔特更悠久。早在日耳曼人查理大帝灭了占领西欧大片疆域的西罗马帝国,于公元 768 年建立神圣罗马帝国时期开始,就有日耳曼民族的萨和森人迁移到这里定居。小镇地名 Schaephuysen,其实是方言"萨和森人的家园"的意思。

麻雀虽小,五脏俱全。居民才两千五百多人的莎蒲森社会功能齐全,有两家银行(可惜去年因客户太少关掉了一家)、三家老字号饭店、两家小吃店、一

小镇老街

家小超市、一家小杂货店、一家面包房、一家理发店、一家花店、一间驾校和一个高档厨房家具店。当然，这些小店并不能完全满足居民的生活需求，四周几公里外的多家大型连锁超市和购物中心，才是居民们的主要购物地。村正中一座有着400年历史的老教堂是居民们的精神中心，旁边的教会图书馆和老人活动中心，是退休老人每日聚会活动的场所。此外小村还有两所幼儿园和一所小学校。村小学堂已经有一百多年的历史，一代又一代的本村孩子在这里接受启蒙教育，然后走向外面更高的学堂。

德国人信奉基督教，他们对于生老病死的观念和传统习俗与我们有很大的不同。小镇安息墓园就静静地坐落在居民区旁。人们经常来这里种植花草、整理墓地，这里永远鲜花团簇，树木常青，让人心里允满安详平静。

小镇有着400年历史的老教堂

这是小镇主街上有着两百多年历史的家族老饭店。门左侧挂着餐牌价格，门右侧的铁牌是政府发的受保护历史建筑徽标，上刻建造年代、传统建筑风格和历史功能。右侧两窗之间是我们乒乓协会的信息栏，这里是会员选定的协会活动地点。

镇教会图书馆

居民区附近的小镇安息墓地永远鲜花盛开，郁郁葱葱。

　　小村居民大都是土生土长的本地人，一小部分人是从其他城市到这里买房子置地搬迁进来的。德国房产业发展稳定，自我1998年春天搬来这里18年的时光里，小村只新开发了两个小区，新建了六十多栋民居小别墅，一个小工业园区。德国实行社会市场经济，国家对房价物价有调控职能，房产开发不可能会出现房价失控暴涨的情况，人们也不可能靠出租房屋牟取暴利发财，所以德国人买房绝大多数都是自住，鲜有炒房现象。新区建设均以人口增长需要为依据，绝没有"烂尾楼"出现。

　　小村周边的老农庄不少，但现在还真正从事农业的农庄主所剩不多。尽管德国农业生产全部实现机械化，而且国家对农业及畜牧业有财政补贴政策，但年轻一代愿意从事农牧业的越来越少。据说，德国农业产值才占全国经济生产总值的1.2%，专职从事农业的劳动力还不到全国劳动力的3%。但德国对土地资源的保护非常严格，农业及林业土地面积占国土面积80%左右，其中森林面积占整个德国面积的30%以上。土地分为耕作土地和建筑用地两种，每块土

地包括私有土地都需要登记造册。其中耕作土地也可以进行买卖，但只能用于种植农作物或建造花园，即使是土地主人也绝对不允许在此盖房子。农业耕作土地不允许使用强农药、施重化肥，以保护自然生态和食品健康。在德国，不仅小镇乡村，即使大城市内，也到处有大片的茂密森林，需几人合抱那么粗的参天大树在城市中心随处可见。

我先生沃夫冈是莎蒲森土生土长的德国人，他很支持我写这本介绍德国的书，并感到特别高兴。他帮助我收集资料，陪同我到处采访拍照，像个尽职的"助理"。他从不过问我写什么内容，但有一句话他诚恳地对我说了很多遍："莉，你得写上，德国到处是大片的森林，有三分之一的国土被森林覆盖，德国

德国三分之一的国土被森林覆盖。

人非常珍爱树木,保护森林。"作为一个机械制造强国的老机械制造工程师,在他的意识里,最引以为自豪的不是称雄世界的德国制造,而是覆盖国土的大片森林。

确实,每当我乘飞机往返中德,空中俯视德国,映入眼帘的只有连绵起伏的葱郁,与中国上空的视野大不相同。德国到处是自然保护区、野生动物保护区和国家自然公园。

高度工业现代化并非一定以损坏生态环境、砍伐森林、破坏植被为代价。经济发达、环境优美的绿色德国,正是建立在这样的政府政策法规和民众基础之上的。

小镇冬日

在这条花园街上我已生活了 18 年。

我们小街口立着刻有"玫瑰之乡莎蒲森，金牌村庄1977"的木牌。

低调的"金字招牌"

自1961年起，德国在全国范围内发起了一个名为"我们的村庄很美丽"的评选竞赛项目，凡人口在3000人以下的村庄都可以参加竞选。此项目每三年评选一次，经过地区、州级层层筛选评定出的金牌村庄，再参加全国竞选，最后由联邦政府食品·农业部和消费者协会共同评选出德国最美丽村庄。莎蒲森村于1977年荣获了"德国最美村庄"竞选项目的国家金牌，由德国联邦政府发放了证书及奖金。"玫瑰之乡莎蒲森，金牌村庄1977"的刻字木牌就竖立在我们村口，那年全德国荣获金牌的村庄一共才7个。

不过德国人真低调，"金牌村庄"的牌子就立在我们小街路口，可从来没有

人告诉过我,那是什么标志。我一直以为是我们的街名,直到有一天我问起老沃为什么小街还有另一个名字时,才获悉小村居然还有这样靓丽的历史。要知道,这可是全德国范围的评选啊,而德国无处不美景,无处不鲜花盛开,美丽小镇数不胜数。

我上网查阅资料得知,这个竞选项目从1998年开始改名为"我们的村庄更有未来",增加了可持续发展、基础设施、文化生活与民俗传统等多项评选标准。德国政府和民间社会,对乡村建设非常重视,投入很大,所以德国的乡镇生活水平、自然环境保护、绿化植被和野生动物禽鸟保护,都名列世界前茅。

最近我在参观小镇的家乡博物馆时,看到小镇荣获了从"我们的村庄很美丽"到"我们的村庄更有未来"、从国家级到州级再到地区级的各个年度的金奖

家乡博物馆的墙上挂满了小镇荣获的各级"最美好村庄"证书。

小镇于1977年荣获国家金牌村庄称号。

可口！

剧毒！

森林中亲手摘到的鲜蘑菇！
不过鲜艳的"毒蘑菇"可不能吃！

和银奖证书，挂满了整个墙壁，最新的是2014年地区银奖奖状。不显山不露水的平静小镇，居然荣誉满满呢！

莎蒲森村的居民大多都是从事各种职业的上班族，每天开车奔赴周边各个城市。他们上班认真工作，下班回家享受悠然自得的乡村生活。

小村被田野和茂密的森林环绕，各种野生飞禽起舞，各类小动物蹿跃，野花野果漫山遍野，安宁祥和的大自然气息扑面而来。居民们善良淳朴友好，走在街上相遇，不论熟识与否，都会彼此笑意盈盈，真诚问好。虽然野外的栗子树、核桃树、榛子树及各种果树硕果累累，但因几乎家家都有这些果树，故没人去采摘，都成了动物飞禽的美餐。秋高气爽时节，若来了兴致，我们会去采野蓝莓。我先生喜欢自己制作果酱，而用野生蓝莓制作的果酱味道鲜美，天然维生素含量

美丽的田园村庄莎蒲森已然成为我的第二故乡。

很高。春天时我们也会和华人朋友们一起去采野韭菜包饺子,秋天会一起采蘑菇。用刚采来的森林鲜蘑菇尤其是美味的牛肝菌蘑涮羊肉火锅,集采蘑菇之乐趣与大快朵颐之快感融为一体,是我发明的特别而又轻松的请客方式。

湛蓝的天空,纯净的白云,清新的空气,绚丽的晚霞,原野生机盎然,四季色彩斑斓。我越来越迷恋这里纯净的自然环境和恬静的生活,心急气躁的性情渐被宽容潜移默化,内心越来越充实平静,思维也越来越宽松自由。美丽的田园村庄莎蒲森,已然成为我生命中的第二故乡。

北威州诺伊斯市（Neuss）一年一度的射击节是欧洲最盛大最隆重的射击节，它已成为北威州乃至德国的民间重要盛事。2012年我采访诺伊斯射击节时，被刚刚走完威风凛凛的国王阅兵大游行的一队骑士们不由分说拉过来一起喝酒。

德国人怎样过周末

在庆典中享受生活好时光

如果在你的想象中，现代化的工业强国德国应该是高楼林立、立交桥纵横、街上车水马龙、商业繁华，那德国可就让你失望了。德国是个生活理念非常"循规蹈矩"的国度。在其他国家，周日和节假日是商业街最热闹的时段，而在德国却最冷清，所有大小商店全闭门休息，着实有点让刚来德国的外国人寂寞惆怅。记得我刚到德国那天正好是周日，从机场进城的一路上几乎是只见田园和房屋不见人，刚从人潮涌动的中国出来的我颇有些惶恐不安，仿佛一下子掉

进了"无人区"。

尽管后来在商界的诉求下,政府一点点放宽了关于周六商业营业时间的法规,但周日和节假日的相关法规依然禁止商户开门营业,理由是商业职员在周日和节假日也要进教堂礼拜,也要与家人在一起团聚。德国社会不提倡加班加点工作,在他们的观念里,充分的放松休息是工作高效率的保证;孩子健康成长,家庭生活温馨,是社会和谐的重要因素。所以德国人的周日和节假日,是家人进教堂寻求心灵安宁日,是远足郊游、品味美餐日,是看歌剧、看电影、参观博物馆享受文化生活日,或者就是在家慵懒日。

当然,德国社会的如此现状,是因为德国的高福利及社会保障制度给了人民足够的安全感。他们不需要千方百计去赚钱,他们不担心孩子上不起学,不愁生病没钱治,不怕老无所养。即便是很普通的工薪阶层,也可以潇洒地生活,而不必羡慕嫉妒有钱阶层。但是,德国人民并不因此而感激政府,因为社会财富是人民创造的,用之于民是理所应当的。

如果你对德国熟悉,又有兴趣深入德国民间,你会发现,其实安静的节假日远没有表面看上去那么冷清,只要你愿意,有各种方法可以投身到花样百出的热闹中。透过这些热闹,你还会发现,原来被人定义为世界上最"严肃、呆板、无聊"的德国人,其实生活很有情趣,且喜欢挖掘生活的乐趣。对于他们来说,八小时内认真工作,八小时外享受生活,同等重要。

老沃在市集。

城市节一角

德国每个城市每年都会定期举办各类主题、各种名义的节庆，比如城市节、狂欢节、博物馆节、美食节、啤酒节、古集市节等等。至于那些乡村古镇的传统节庆更是五花八门，古堡节、中世纪节、秋收节、葡萄酒节、森林节、女巫节、土豆节……几乎排满了一年四季的所有节假日和周末。这些节庆活动并非一时心血来潮，而是当地固有的文化传统，有些甚至传承了几百年。德国人对文化民俗的热爱和传承，不会因时代变迁、政府更换而改变或消失。当然，除了极权专制的纳粹时代，在希特勒政府时期，很多文化机构和协会都被禁止或取消。

这些民间节庆活动的信息均登载在每个城镇官方网页的全年活动信息专栏里。如果周末没什么安排，天气又好，我们会上网查查哪个城镇在举办活动。我们很乐意凑这些热闹，参加这些民间节庆活动，既可了解很多德国历史和民俗文化，大长见识，又让我们的周末生活丰富多彩。

德国人把严谨认真的民族特质也带进了组织节庆活动的事务中，各种细节考虑全面，安全措施安排周到。比如在各种大型庆典活动上你都能看到，救护车、消防车已在旁边悄然待命，救护通道已事先进行了明显标识。

邻里情深的花园街邻居节

我们小镇有自己的节日，包括消防节、射击节、秋天集市节、马丁节及各协会自己的庆祝活动。这些民间节日活动均由各种民间协会筹办，当然也会得到政府官方的支持。很多政府官员和公务员也都是当地各种协会的成员。比如，在小镇射击节上射击协会成员的游行队伍里，我就看见了办理结婚登记的民政官员和市长助理。他们身穿传统协会制服，肩扛猎枪，挺胸昂首，英姿勃发，

在克雷费尔德市(Krefeld)的中世纪"亚麻市场"节上,充满豪情的中世纪汉子们比赛拉弓射箭。

距我家20公里远的克雷费尔德市（Krefeld）每年在古堡里举行一次为期三天的的中世纪"亚麻市场"节，至今已举办42届。届时几乎所有中世纪时期德国人的手工作坊和传统生活方式，都会在一个个临时搭起的古典帐篷里展示出来，人们可以买到中世纪时期的各种手工生活用品或玩具，并观赏到古老的手工制作过程，还可以让游人自己动手尝试。节日上会有很多民间协会成员古装穿越，骑马射猎，载歌载舞，演绎中世纪的生活场景。这些照片是我2009年采访"亚麻市场"节时所拍的中世纪人们拉圈跳舞庆祝秋收的情景。

德国人酿造啤酒已有几千年的历史，中世纪时啤酒就是德国人离不开的"生命水"。当然，在克雷费尔德市中世纪"亚麻市场"节上畅饮啤酒，而且是用古法酿造的啤酒，那是必须的。

历时五天的诺伊斯射击节上最隆重最震撼的是浩大的"国王阅兵"仪式游行，这位在嘹亮军乐和古装打扮的贵族及市民的欢呼声中凯旋而归的骑士，冲着我的镜头展示着胜者的得意。

德国刀剑制造历史发源地北威州索林根城（Solingen），从中世纪开始就是西方"寒冰利刃"的诞生地。这是我在索林根城德国刀剑博物馆举办的中世纪节上所拍的"中世纪贵妇们"。那天，我还买到了手工制作的精致小刀和仿古首饰。

一年一度的狂欢节，是北威州人民生活中必不可少的第五季节。科隆狂欢节是德国最大最著名的狂欢节之一。2014年我（右二）和朋友（左二、左三）一起受邀参加了科隆啤酒公司赞助的狂欢夜大派对。

花园街邻居节

与他们在办公室里一本正经的样子判若两人。

对于我们小街的邻居们来说,最舒心的当然是邻里自己办的节日了。我住的这条街有个很好听的名字,叫花园街。小街呈7字型,我德国婆婆家的房子建于1904年,是小街上第二古老的房子,她是在本街出生长大的,可以想象小街的老邻居们之间彼此该有多熟悉。小街有个邻居协会,据说成立于二战后的50年代初期。邻居们经常互相走动,谁家里有个大事小情、婚丧嫁娶、生老病死,邻里街坊都会自发组织起来互相帮忙,在这样的基础上,邻居协会就自然而然地应运而生了。在德国,几乎每个小镇每条街道都有这样的邻居协会,因为城里居民流动性较大,所以这个民间传统在小镇才得以更好地传承下来。

虽然各有各的方式,但邻居协会最主要的活动是固定举办每年一度的邻居节。每年年初,总会有热心的邻居制作打印出本年度邻居节的信息通知,发送给各家。邻居节基本是小街的每户人家轮流做"主办方",地点在主办方家的花园里举行,到时邻居们会帮忙一起动手搭帐篷,摆花园长桌凳。大帐篷及长桌凳还有盘子等餐具都是邻居协会的共同财产,由大家集资购得。每年的主办方家庭负责订购肉类、主菜及面包、啤酒、饮料等,由大家共同分摊费用,各种沙拉及饭后甜点则由每个家庭各自准备带来共享。

邻居节是我认知街坊的一个窗口,透过这个窗口我知悉了许多邻家故事。

2012年在艾丽家花园办邻居节时，81岁的艾丽邀请我上楼参观她的居室，还给我讲述了她家的故事。原来她并非祖籍德国，20世纪30年代，她父母带领全家从邻近小国列支敦士登移民德国，到欧洲大工业中心鲁尔区找工作。那时候德国煤矿开采需要劳动力，她父亲当了一名采

2012年在艾丽家花园办邻居节。穿黄短衫的是当时81岁的艾丽。

煤工人。在德国，艾丽从小女孩长大为青春靓女，最后和一个她心仪的德国青年结婚成家，并生了一个女儿。20世纪70年代，他们的女儿结婚后和他们一起合资在我们花园街买了一块地皮，盖了一栋含有两套住宅的小楼。岁月流淌，光阴飞逝，艾丽在花园街慢慢走到暮年。她说，她丈夫退休后没多久就身患疾病经常住院，尽管医院有专门的护士护理，她也经常去医院陪伴丈夫，丈夫出院回家后艾丽精心照料他的起居，一直到他去世。她给我看他们一直摆在床头的结婚照，美丽娇小的新娘艾丽靠在英俊高大的新郎身边，妩媚多情。提起丈夫，艾丽仍然一脸柔情，情不自禁地讲述了很多他们的幸福时光，称赞他的能干和体贴恩爱。

如今，艾丽大学毕业的外孙已在别的城市成家立业，只有艾丽和女儿女婿三个人一起住在花园街小楼里。老年的艾丽每天在自家花园里的小游泳池游泳，去森林健步，身材依然保持着娇小有致。内心的知足与安详，使她的脸部柔和，表情和悦，看上去一点也不像八十多岁的人。德国有句谚语说，"结尾好，一切

伊丽莎白精心布置的花园

都好",平凡的艾丽老年健康、优雅、平和,活得滋润、满足、有尊严,这就是成功的人生了。

  2015年8月末的一个周六,邻居们在伊丽莎白和布乌诺家的花园举行了本年度的邻居节活动。他们夫妇都是中学教师,对于活动有很多好的创意。花园经过他们精心布置,长桌上铺着明黄花色系的桌布,装饰着仲夏之花向日葵,其间点缀着闪耀的烛光,绿荫丛中轻松明快的夏日气息呼之欲出,情趣盎然。除了出门度假的,在家的邻居们都聚齐了。87岁的我婆婆和84岁的艾丽是如今小街上最年长的人,邻居们对她们很是关照,不时问候,并帮着端水端食物。

2015年，邻居们在伊丽莎白和布乌诺家的花园过邻居节。右一是我87岁的婆婆，右三是84岁的艾丽，邻居们对她们关照有加。

街坊们举着黄澄澄的啤酒，从夕阳辉映直聊到皓月当空。

其实，德国人也一样各有其秉性，并不是相互都谈得来，但他们能把握住一个度，这个度就是：虽然我不能苟同你的观点，但坚决维护你言论自由的权利。他们懂得尊重别人，把握分寸，不太计较个人利益得失。也正因如此，德国的民间协会才能够几十年、几百年地传承下来，民间节日才能够一年又一年地举办下去。

2009年时在我家主办过一次邻居节。那时候我还很生涩，办节经验不足，全仗邻居们一起鼓励我并帮忙打点一切。或许明年可以由我们再次担当主办方。虽然不像邻居们那么擅长装饰，可我也有自己的独到之处。每年我都拍有大量

收集德国好时光——小镇生活风物记

小镇各种节庆活动包括邻居节的有趣照片,可以来一场生活镜头回放;我还可以将华人朋友一起邀来,举办一场用中国美食来招待、充满中国文化元素的邻居节,会更有一番别样情趣。

2009年在邻居们的帮助下在我家过邻居节

我和我的德国先生老沃

我的小镇邻居

Angelika（安格丽卡）& Martin（马丁）

Ralf（拉尔夫）& Dorit（杜瑞特）

Uwe（乌韦）& Auryn（奥瑞恩）

Ulli（乌力）& Hannelore（汉娜萝荷）

Elke（艾尔珂）& Hermann（海尔曼）

Karl Heinz（卡汉斯，昵称卡利）&
Marlies（玛丽丝）

马可和一群年轻朋友们在花园里搭上帐篷举办啤酒节，狂欢了一夜。

马可家的十月啤酒节

以喝啤酒为特色的十月节，是德国南部巴伐利亚地区庆祝丰收的民俗传统。男人身穿当地农民传统的皮裤和格子衬衫，女人身着村姑鲜艳的袒胸裙，大杯喝酒，大口吃肉，手舞足蹈，放肆欢笑。每年于9月下旬至10月初举行的盛大的慕尼黑啤酒节早已扬名世界，成千上万的游客蜂拥而至，但求人生难得的疯狂一醉。但其实，在德国各地也都办自己的啤酒节。

和同村女朋友一起在外面上大学的马可，是我们小街上为数不多的经常回家的年轻人。他女友的母亲是本地区绿党议员，在未来丈母娘的影响下，马可加入了绿党并成为本镇绿党议员候选人。马可生长在与一群动物共舞的家庭中，

马可和他的女朋友。

小乳猪在火上吱吱作响。

这位帅哥过于欢跳,导致裤裆崩裂,躲进房间让马可缝裤裆,我们趴在窗外看笑话。

酒到酣处,年轻人们按捺不住,在桌上跳起舞。

活泼漂亮的女孩们。

年轻开朗的男孩们。

啤酒节

骑着马长大,以保护自然、保护动物为宗旨的绿党确实挺适合他。在德国,加入各党派并竞选议员是很容易的事情,尤其年轻人,作为新生力量无论在哪个党派都很受欢迎。德国的年轻人大都有自己的政治观点,但真正愿意投身政治的并不多,他们更乐意享受挑剔政府和嘲笑各政党的自由。

2012年秋天,马可在家里举办十月啤酒节,他的父母正在外度假不在家,马可和一群年轻朋友在花园里搭好了大帐篷,订好了啤酒及各种饮料,还订了一只小乳猪,架在火上吱吱烤。小街的邻居活动一般都是同龄人的聚会,而马可的十月节却把年轻人和上岁数的老人们全归拢到一起,倒还真是第一次。啤酒,不但是兴奋剂,还是融合剂,几大杯啤酒喝下去,欢笑声就分不出老少了。喝着喝着,一群年轻人就站到桌子上面去了,老先生们也都挽着胳膊摇晃起来。不爱喝啤酒的我忙着抓拍他们的有趣醉态。

非洲手鼓节之夜

邻居玛格瑞特和乌韦一起生活二十多年了,但他们并没领结婚证,也没孩子。他们性情上有很多相似之处,比如都很朴实厚道,不太爱说话,但都很能吃苦耐劳。他们最志同道合的大概就是对农庄生活的共同喜好,所以贷款买下了我们小街尽头的一栋小农庄,一住二十几年。他们养

玛格瑞特和乌韦饲养的羊群

了鸡、鸭、鹅和一群羊，收割草用作饲料，织羊毛毯子，灌羊肉香肠，处理羊皮……很多农活要做。他们家产的鸡蛋和鹅蛋当然绝对有机，去买的都是街坊邻居，比如我婆婆就只吃他们家的鸡蛋，几十米的路程散着步就去买了。德国人有个奇怪的观点，

农庄养的鹅

他们认为鸭蛋有毒，所以他们吃鸭子但不吃鸭蛋。我问过乌韦好几次，让他收集鸭蛋卖给我，但他说不知道鸭子把蛋都下哪里去了，找不到。只是春天母鸡孵小鸡时总会顺带孵出几只小鸭来，所以鸭群也一直后继有鸭。

农畜牧业只不过是玛格瑞特和乌韦的兴趣爱好，他们各自都有正式的工作。乌韦是名考古工作者，每天去距家20公里远的科瑞菲尔德的古堡博物馆上班；玛格瑞特是木匠手工业者，经常开着她的小货车出去做木工活。除了围着鸡鸭鹅羊转，他们还有自己其他的爱好。乌韦爱听古典音乐，是听那种老式唱盘机。而玛格瑞特的爱好却有点出人意料——她喜欢打非洲手鼓。她一直在一个手鼓协会里和一群非洲手鼓爱好者一起练习打鼓。真无法想象，寡言少语极其安静的玛格瑞特怎么会喜爱敲打激昂的手鼓。

2009年的一个夏日周末，玛格瑞特在她家举办了一场非洲手鼓节。夜幕降临，鸡鸭鹅羊归圈歇息入梦，农庄后院的草地上燃起了熊熊篝火，所有街坊邻居还有玛格瑞特和乌韦的亲朋好友们都聚集在临时搭起的大帐篷下，吃喝谈笑。玛格瑞特和手鼓协会的伙伴们捧出形状各异的大小手鼓，围坐在篝火旁，拉开

激昂的鼓乐和热烈的篝火激荡在小街夜空。

了非洲手鼓音乐节的帷幕。

玛格瑞特挺拔地立在鼓前，挥动起鼓棒，分轻重缓急地击打着三个连在一起的高长鼓，随着她的手势，伙伴们一齐拍打起手鼓。草地上顿时响起时而急促时而柔缓、时而高亢时而低沉的非洲鼓乐，划破了小镇宁静的夜空。玛格瑞特目光炯炯有神，天生的满头浓密银丝在篝火的火光映衬下闪闪发光，她双手上下飞舞，

玛格瑞特挥动鼓棒活力四射，与平时安静的她判若两人。

浑身充满律动，与她素日沉默寡言的形象判若两人。伴随着鼓声，环绕着篝火，所有的客人们都被豪放的非洲风情所感染，忍不住抖动起身体来。

非洲手鼓节之夜使我对玛格瑞特有了新的了解和更多的好感，感觉她是

寡言少语的玛格瑞特在家举办了一场热闹的非洲手鼓节。

茶壶煮饺子——肚里有货倒不出来的人。然而就是这一对在所有人眼里最安分守己、最没有故事的伴侣，却出乎所有人的意料——发生了变故！

乌韦工作的古堡博物馆来了一位新女工，只工作半天，负责整理博物馆的杂物。后来新女工居然和乌韦恋爱了。所有人都对此事感到震惊。乌韦绝对不是个"风流人物"，反而有些木讷，他怎么会和玛格瑞特生活了二十多年之后，在年逾六十快要退休之际却毫无征兆地突然"出轨"了？

最让我不解的是他的新女友。乌韦没钱没势没财产，没有矫健的身材和俊朗的外表，只有农庄干不完的活和吵吵闹闹的鸡鸭鹅羊。她真的就是单纯地爱上了这个大她近30岁的老乌韦，两情相悦吗？

玛格瑞特一如既往地沉默着，一句抱怨都没有，让我想安慰她都无从开口。她不声不响地走了，搬出了生活了二十多年的花园街。他们共同经营的农庄做了价，乌韦从银行贷款，将一半资产付给了玛格瑞特，又落得一身债务。

2016年2月，在马丁的生日聚会上，乌韦带来了新女友。她开朗大方健谈，不多时就轻松地与我们每个人都熟络起来。看上去他们俩真挺和谐融洽。

玛格瑞特一直没有消息，邻居们都从内心默默地祝福她能尽快开始新的生活。那唯一的一次非洲手鼓节之夜激昂的鼓乐和热烈的篝火，一直留存我的记忆中。

森林里这些神秘的老屋院落是我最想一探究竟的。

秋收节奇遇记

 地摊拾趣之乐

  终于把难得的阳光灿烂、秋高气爽的周末给盼来了,我背上相机就奔向村外赤橙黄绿色彩斑斓的森林。

  本周末村外森林里有件热闹的事情发生,一年一度的乡村"秋收集市节"开始了。秋收集市节,于每年11月初深秋季节在村外森林里的农庄园举办,是我们小村的民间传统,这起源于以前农庄主们将自家秋收的农产品摆摊出售,远近村民们来赶集市。现在,秋收集市已经演变成了热闹好玩的节日,卖自家

秋收节集市

在秋收集市节上卖自家旧货的旧货摊。

卖各种编织筐篓的筐篓摊。

色彩鲜艳的小编织袋子。

卖传统民间瓷具的瓷器摊。

旧货、民间小吃、传统手工艺品、手制银器首饰、手绘瓷器和编织筐篓……应有尽有。逛来逛去到处淘宝，品尝风味小吃，有滋有味，其乐陶陶，方圆几里、远近城镇的居民都会携家带口前来游逛。

森林里的这些老屋院落，平日被密集的树墙围着，总是静谧无声的，诱惑着诸如我这样的好奇之人，使我不禁浮想联翩。尤其林中路边一栋古韵十足的桁架结构的房子，是我最想一探究竟的。今天它终于敞开大门，迎接游人。

我一眼看中了摆在地上的这台老打字机。

我们走进院落，只见里外到处摆着主人家出售的旧物，还有自家产的水果、自制的果酱和果酒等。东瞧西望中，我一眼就看中了摆在地上的一台破旧的老式打字机。我和先生进屋找主人问价，有人高喊一声"海纳"（Heine），唤出了房主——一个红光满面、高高壮壮、好几层衣服参差不齐地乱套着的老头，且就称他为海大爷吧。海大爷说出价钱，我先生完全没还价，爽快地掏腰包付钱。海大爷很高兴，说他还有一台比这个更好的梅赛德斯（Mercedes）牌老式打字机，因为我们不讲价，他愿意把那个更好的卖给我们，说完进后院把那台梅赛德斯拎来了。这是台一战前的德国造品牌老式打字机，保存完好，海大爷说还能用，我自然开心得很。

打字机很沉，没法拎着游逛，我们就跟海大爷说先把东西暂存在这里，要回家时再来取。

藏在老农庄里的中国之谜

我们继续前行，走进另一座约有三四百个年头的老农庄，这栋房子是我们村里最老的，属文物保护建筑，我曾很想进去体验生活。老屋下沉得好似驼了背，窗户几乎拖到了地面。对于这种充满故事感的沧桑老屋，德国人最感兴趣，

老农庄

故而参观游览的人络绎不绝。隔着陈旧的木窗似乎能觑视到里面住着一位老爷子，叼着个烟斗坐在壁炉前打瞌睡。但是，即使我的脑洞再大，也没料到，幽暗的老屋里等着我的"老爷子"竟然是"乾隆皇帝"！

低头迈过门槛儿，分辨不出颜色的老地板嘎吱作响，漆黑的壁炉里燃烧着木火，粗大的木梁上吊着陈年老灰，感觉就像走进了《呼啸山庄》的老厨房。只是壁炉前两把古色古香的木椅及一旁的木桌让我感觉有点异样，似曾相识，透着熟悉亲切。我恍然醒悟，这是中国家具！是中国明清传统家具，我在外公家看过。抬头再看，另一个房间黑黝黝的门框上居然写着"China Zimmer"（中国房间）。我赶紧跨进去，窄小的房间里摆满了中国古家私，墙上挂着一幅褪了色的历史人物画像，上面赫然几个大字：高宗乾隆皇帝。

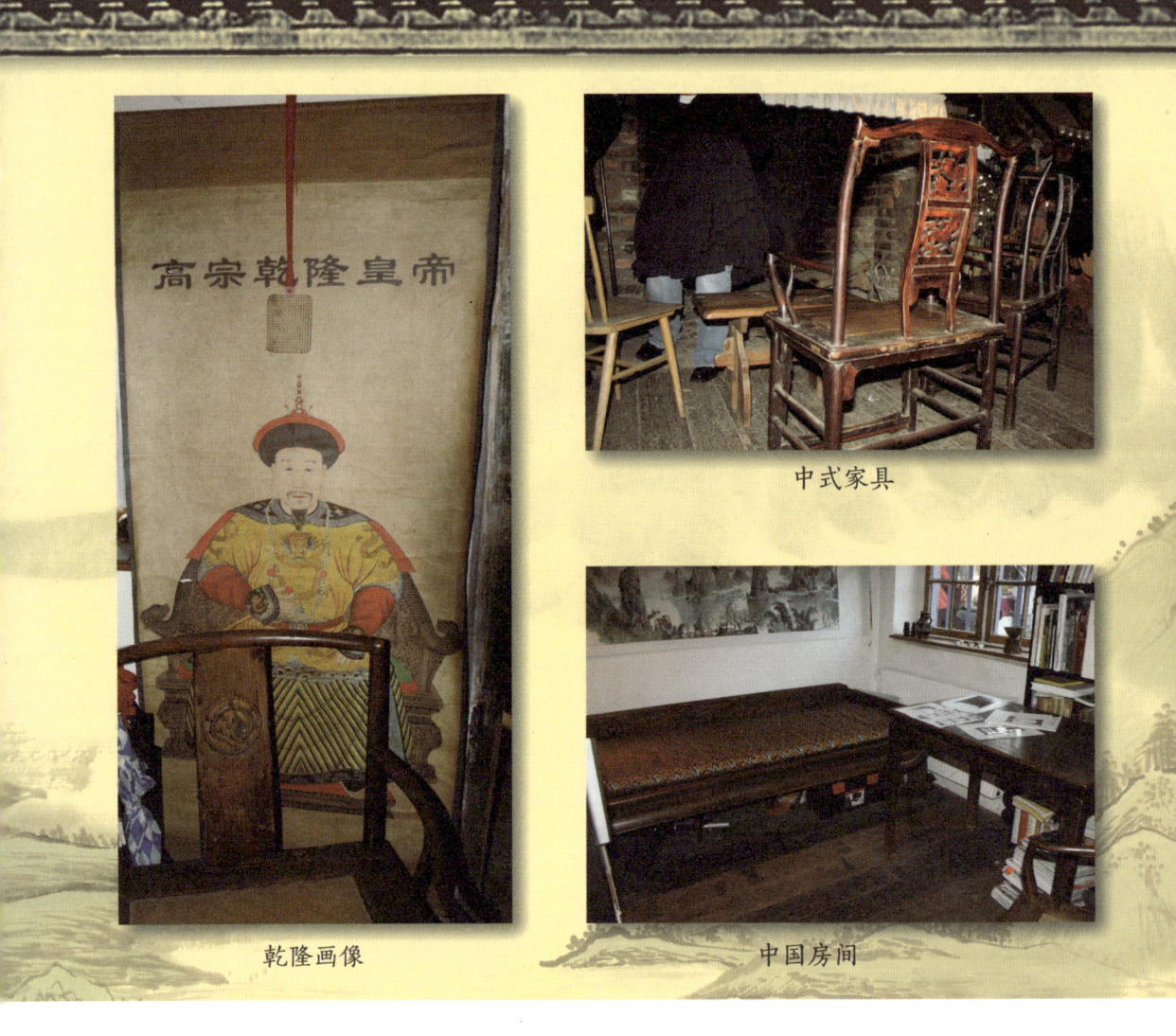

乾隆画像　　中式家具　　中国房间

德国的郊外乡村是藏龙卧虎之地，也许不经意就能撞上一座中世纪古堡宫殿，但是还能撞上"乾隆皇帝"，可太出乎意料了！即使在中国，我也不曾亲眼见到过乾隆皇帝的画像。

中国皇帝的画像上竟然还挂着一个脏兮兮的苍蝇拍，屋主人真是有眼不识泰山。我下意识地伸出手想摘下来，半道又缩了回去，或许这苍蝇拍也来自中国，被当成了装饰品？

房间里除有一张古书桌和一把靠背椅外还有一张卧榻，卧榻上方还挂有一张横幅中国山水画。要不是总有德国人的脑袋探进来、叽里咕噜的德语传进来，我真以为走进了中国古代人家的书斋。

游人不时挤进小屋东张西望，容不得我作深入陶醉状，我只好拍了一堆照片，自愿充当了一会儿解说员，才恋恋不舍地辞别了"乾隆皇帝"，走出中国房间。

优雅的女人和她编织的羊毛帽子

在这个老农庄的院落里有好几个手工制品的摊位，摆着自染色自编织的羊毛围巾、各种手工制作的漂亮的羊毛帽子，还有女孩喜欢的手工布绒娃娃、男孩青睐的木制弓箭。有个摆着陶瓷手工艺品的摊位吸引了我。这位女陶瓷手工艺人制作的形态各异的盆盆罐罐造型笨拙朴实，色泽淳朴自然，比工厂流水线生产的精细陶瓷器皿更惹人爱怜，生动而充满情趣。其中几个雅致的手工咖啡杯我越看越喜欢，那不经意的色彩搭配和随性不对称的图案很打动我，而且因为是手工制作，每一个都不尽相同。尽管她要价很贵，一个17欧元，比商店的机器制造杯贵出了好几倍，我还是遂了心里感觉，

手工制作的布娃娃

古老农庄院里的手工陶器摊

买了两个。在包装时，女主人突然发现其中一个杯子的把手处有一道很细的裂痕，而我根本没注意到。即使在她指给我看时，我也没觉得这浅浅的痕迹会有什么妨碍，但她果断要给我换一个。有一个稍大些而做工更完美的杯子是我最先看中的，价格也更贵一点，开始时我和她讨了半天价都没成功，只好忍痛放弃。女主人就把这个杯子按17欧元换给了我。这两个并

这位女艺人手工制作的两个杯子成了我们心爱的咖啡杯。

非名牌却独一无二的咖啡杯，不但展示了女手工艺人精良的手艺和独特的设计，还蕴含着她诚实的品德，因此成为我们夫妇每天固定使用的喝咖啡的杯子。

大作家托马斯·曼的写字台

取来车开到海大爷家接梅赛德斯打字机，海大爷正和几个游人围坐在黑乎乎的老式壁炉前聊天。那副场景跟拍古装电影似的，很有趣，于是我举起相机"咔嚓咔嚓"拍个不停。海大爷自以为很见过些世面，说："日本人很爱拍照的。"我说："我是中国人，是德国《华商报》的记者，我对古老的东西很感兴趣。"海大爷一听原来是"大记者"光临乡舍，立刻丢下客人乐呵呵地带着我挨个房间参观。

厨房里正做乡下浓汤，德国的汤概念比较另类：七荤八素，内容丰富；应有尽有，黏黏糊糊；喝(吃)上一碗，绝对饱肚。每个房间里都坐着一些游人，捧着小瓷钵在品尝热乎乎的乡下浓汤。每次一进房间海大爷就向大家自豪地介绍我说："这是中国记者！"在厨房里除了介绍我是记者外，他还多加了一句："她买了我的打字机。"看来在厨房里忙活的是自家人。

海大爷说，他家这栋房子造于1832年，后又经历多次扩建维修，房间里的家具摆设基本都是18世纪留传下来的。他指着起居室墙角一个做工讲究的斜面方柜说："这是德国著名作家托马斯·曼

托马斯·曼的写字台

（Thomas Mann）用过的写字台，知道他吗？得过诺贝尔奖的。"我转转眼珠，使劲在脑子里把认识的德国著名作家挨个数一遍：歌德、席勒、海涅还有格林兄弟，没找着姓曼的。不过，我现在知道了什么是真正的"写字台"——类似于讲台似的立式写字桌。

海大爷不管我认不认识那个德国作家，自己兴致勃勃地比画托马斯·曼怎么站在写字台前写作。他将上面的斜面板掀开说，这里面是放纸张稿件的。斜面板的背面乱贴着许多发黄的剪报，他指着其中一张说，这是当年托马斯·曼荣获诺贝尔奖时的新闻报道。他又打开下面的小柜门，指着里面的小书柜说，这里不是放书的而是放酒的，当年托马斯·曼边写作边从下面掏酒喝，所以得

海大爷（左立者）把我这个"大记者"介绍给他的朋友们。

了大奖。我被海大爷逗乐了，我相信他的说法，咱们中国的李白杜甫也是酒发诗情，流芳百世。

临走，我又把他那台杂牌子破旧老式打字机也买了下来，反正我也只是个杂牌"收藏家"，远够不上"正规军"，什么牌子都一样。见我这么赏识他的破打字机，海大爷倍儿开心，乐颠颠儿地帮我先生往车上搬。我先生问他想不想喝中国啤酒，他顿时两眼放光，发出"噢，呀！"的欢呼声。我先生从车里拿出一瓶青岛啤酒送给他，老爷子乐得手舞足蹈，拿着青岛啤酒左右端详，尽管一个字都不认识，可是一会儿他准会得意地向其他人显摆中国啤酒。

虽然经常有机会接触德、中名人政要，但我从未有过想要与他们合影留念的念头，会因为陌生感而感觉浑身不自在。然而，这个淳朴的乡村老爷子浑身透着老家乡亲的近乎劲儿，我本想开个玩笑，说我想在一个18世纪的房子前，与一个18世纪的人合个影，但话一出口却变成了：我想在一个18世纪的房子前，与一个18岁的人合个影。海大爷酒还没喝呢就要醉了，哈哈大笑挎起我，合影。

回家后我立刻上网查找托马斯·曼，才知道托马斯·曼（Thomas Mann）（1875—1955）是德国一位非常著名的文学家，1929年获诺贝尔文学奖。网上关于他的介绍铺天盖地，我先生也说看过他的好多小说，他最著名的小说《布登勃洛克一家》被誉为德国资产阶级的"一部灵魂史"。我懊恼地想起来，忘了问海大爷与托马斯·曼有什么关系，大文学家的写字台怎么跑他家去了？

还有，那栋老旧得都快趴下了的农庄，居然与中国有如此深厚的"情分"。慢慢琢磨这事，越发觉得有点不可思议，莫非他们祖上与中国有什么瓜葛？

明年的秋收集市节一定再去拜访海大爷，买上一碗香喷喷的乡下浓汤，坐在18世纪的壁炉前，听海大爷讲那过去的事情，又能长一番见识。再去农庄的"中国房间"找找中德民间交往痕迹。

贵族们如今这样生活

村外有座私人古堡

我们莎蒲森村外森林里有这样一座私人古堡式宫殿,叫"布鲁默丝海默宫殿"。这座宫殿是本地贵族在四百多年前建造的典型的德国北部平原城堡:高大的建筑围成一体,外面湖水环绕,一座木制吊桥连接着古堡的大门,吊起木桥就会断绝与外面的联系。这种封闭式结构类似于山区将古堡建于山峰之巅,其主要功能是为了防御外来之敌。古堡现在的主人,冯德莱恩一家六口——一对中年夫妇和四个女儿生活在这里,周边几公里的森林、果园和农田都是古堡的

领地。

　　古堡周边的大片森林是附近居民散步、骑车、遛狗、骑马、锻炼身体的好去处。森林里时常回响着"咚咚咚"有节奏的敲打声，那是啄木鸟在跟树里的虫子较劲。茂密的森林里生活着许多小动物和野生飞禽，清新纯净的空气带着森林的味道沁入肺腑，阳光透过厚厚的枝叶射进森林形成一道道光栅，层林尽染，清雾空蒙，在这里散步犹如走在一幅油画里。

　　古堡总是那么安宁清静，大门敞开着，没有人把守，只在墙上挂有一个不起眼的小牌子，写着：私人领地，请勿进入。

公路两旁茂密的森林都是古堡人家的私有财产。

古堡大门外的古旧木吊桥

很多年前有一天傍晚散步时，我看见古堡门前有两个可爱的小姑娘靠在木桥上聊天，她们十三四岁的样子，长发披肩，文雅秀气。我上前问她们，这个古老陈旧的木桥还能不能吊起来，她们笑容可掬地指着桥上的缆绳及固定在墙上的轴轮，给我讲解木桥吊起来的方法。两个出身古老贵族大家族的女孩纯真可爱，神情里丝毫没有高高在上的优越感。

还有一次，当我走过古堡木桥站在大门口向里张望时，从古堡府邸里走出一位风度翩翩的中年男子，看到这个男人我立刻明白了那两位可爱小姐美貌的出处。我还没来得及把眼前这位贵族男士往《呼啸山庄》、《简·爱》、《一生》等世界名著里的男主人公身上联想，突然从他身后蹿出一条庞然巨犬，冲着我呼啸而来。我一声惊呼，立刻抱头鼠窜。

有年春天，在一个风和日丽的下午，我骑车经过古堡，透过茂密的树丛看见一个背影纤细苗条的中年女人坐在幽静的古堡花园里专注地看书。我猜她大概就是古堡的女主人了。今日"贵族"过着怎样的生活？这个问题总萦绕在我的脑海中。没想到，几个月后，近距离"观摩"古堡贵族的机会真的从天而降，古堡人家将举办难得的公众"开放日"活动。

现在的主人一家六口住在这座古堡宫殿里。

一个秋高气爽阳光灿烂的下午,我欣然地和其他参观者一起聚集在村外古堡。"开放日"活动由古堡女主人主持,这次可真与她近在咫尺了。她个子很高,差不多有一米八左右,很瘦,两条瘦长的腿圆规般叉在地上,其形象与世界名著中所描写的贵夫人毫不沾边,倒像是个在贵族庄园里忙忙碌碌的农妇。

当我们跟随着女主人参观果园并听她的讲解,了解到古堡人家的历史和现状,我对贵族才算有了点真正的认识。

三分之一的家产

德国贵族占山为王、大小公国林立的特殊历史,为德国遗留下了数不清的中世纪厚重古堡和晚期辉煌的宫殿,漫步在德国任何城乡原野、山崖湖边,不经意就会撞上一座当地统治者或贵族的城堡。这些承载着惊心动魄的历史故事的古堡宫殿大多作为博物馆，向民众开放，也有少数一些古堡仍作为私人宅邸，在家族中传承。"布鲁默丝海默宫殿"就是这样一座家族式古堡。

古堡家族的历史，源自一个现在看来很浪漫很励志的爱情故事。约三百多年前，在莱茵河东岸伍珀塔尔地区（Wuppertal）有位古老贵族冯·德莱恩家族的年轻公子邂逅了爱情，他痴情地爱上了一位美貌女子。才子遇佳人，本是历朝历代喜闻乐见的浪漫爱情故事，可不幸的是，年轻公子出身于一个传统保守的天主教家族，而佳人却来自基督新教教徒家庭。在那个时代，异教徒通婚是大逆不道、天地不容的叛逆行为，公子无可避免地受到了整个家族甚至当地贵族阶层的攻击反对。家族对他发出了最后通牒，要么斩断情根回归家庭，继续享受荣华富贵，要么被家族驱逐，放弃爵位和财产继承权。

公子毅然选择了爱情，带着心上人来到了远离家族的下莱茵地区，他的家族将这里的一块世袭领地给了被赶出家门的他。公子和佳人在莱茵河西岸开始了新的生活。

贵族就是贵族，这个新兴的小贵族家族不但没有沉沦反而越来越有名气，逐渐成为这一带声名显赫的大家族。19世纪，德国工业经济飞速发展，成为欧洲的工业大国，而鲁尔区则是德国的大工业中心。此家族抓住机会，在鲁尔区莱茵河西岸克雷费尔德（Krefeld）城创办了纺织企业，并成为将克雷费尔德城打造为欧洲领带生产中心的坚实力量。那时候，富商云集的克雷费尔德市在强大的丝绸纺织工业的带动下，经济非常发达，一跃成为当时德国最富裕的城市。

1802年，此家族传人、纺织业大亨、时任克雷费尔德市市长的冯·德莱恩先生，买下了距克雷费尔德市约20公里远的、位于莎蒲森森林里的"布鲁默丝海默古堡"。他们将这座中世纪古堡维修扩建成漂亮的宫殿，作为家族的居住府邸。周边方圆几公里的森林、土地、农庄，都是他们家族的私有属地。

到了20世纪初，布鲁默丝海默古堡宫殿家族的三个儿子，由于需要管理

历经三百多年风吹雨打、战乱灾祸,古堡仍然完好无损,坚固如初。

家族庞大的不同的产业而分工分家。

一个儿子继承了克雷费尔德市的纺织企业,至今仍是当地很有影响的纺织业主,尽管克雷费尔德市的纺织业早已衰落萧条。

另一个儿子从事商业贸易,继承了家族设在繁华城市汉堡的商贸行,成为当地颇有名气的大商家。此家族如今诞生了一位德国政坛明星,此家族的女主妇在现任联邦政府担任要职。这位同样出身古老贵族家庭、从小接受良好教育、口碑良好的女强人冯·德莱恩夫人,一直活跃在德国政界,曾任德国教育家庭部部长,后又任劳动部部长。她不仅以其智慧和出众的才能多年来一直担任着政府高职,作为妻子和母亲,她还以生养了七个儿女而成为"英雄母亲"。这在出生率一直低迷、平均每个母亲才生育一点几个孩子的德国,绝对令人啧啧称舌。更出人意料的是,2013年她又完成了一个重大的英武转身,上任德国国防部部长。作为德国第一位女性国防部长,她顶住了质疑之声,赢得了许多赞誉。她的军事出访尤显她的精明干练。她深入德国军营,与士兵吃饭聊天,了解军人的个人需求,重视他们的家庭生活,是个最有人情味最充满人文关怀的国防部长。

当年这家的第三个儿子,因为喜欢农业,选择继承了"布鲁默丝海默古堡宫殿"及所属周边土地,如今就传承到了我们村外古堡人家这一代。

历经三百多年风吹雨打和战乱灾祸,古堡宫殿依然完好无损,坚固如初。古堡人家世代投入了多少心血与银子,恐怕外人难以想象。

贵族也要"自己动手，丰衣足食"

几百年时代变迁，工业商业日益发展，越来越兴旺，而传统的农林业却日益衰落。"开放日"活动听了古堡女主人一通抱怨般的介绍才知道，令人羡慕的古堡贵族家族原来也有一本难念的经。

她说："现在农产品越来越难经营。就说我们的果园吧，政府不允许打强农药施化肥，只能实施对环境和人体健康没有影响的举措，这确实有利于空气、土壤和健康，但成本很高，需要很多的资金投入。还有那些鸟类，成群结队地飞来啄食果子，按说它们也吃不了多少，可恶的是它们偏偏在这个果子上啄一口，又到另一个果子上啄一口，被啄破的果子就会钻进虫子烂掉。早年间插上个稻草人还管用，可现在的鸟简直比人还精，根本不理会稻草人。天上的要防，地上的也要防，那些野兔子总来啃果树干磨牙，我们得把树干下部刷上石灰再用麻绳缠牢。以前掉在地上的果子我们都雇人收起来削干净，用来做果酱。现在人工费太贵，不拣了，就留给鸟儿和动物们吃吧。

"农业靠天吃饭，不下雨就得人工灌溉。现在地下水位不断下降，不得不打更深的井，用更大马力的抽水泵。这些新型农业设备都需要投入足够的资金。当初我们的爷爷就因为喜欢土地而继承了农庄园，结果现在属我们最辛苦。经营农业需要劳力，可我们家

古堡人家的果园。不过苹果已收完，地上掉的苹果是留给鸟和小动物吃的。

荒芜已久的森林小猎宫被两个男艺术家租住,多年来经常看到他们在花园里修缮劳作。2015年10月他们在猎宫花园里举办手工艺术品集市,我终有机会走进这里。听说他们已签约99年,我的小猎宫梦破灭了(德国规定租房100年则房归租户,所以一般最长租期为99年)。

几代男丁都不兴旺,到了我们这代,我们只有四个女孩,没有男孩,而且四个女儿没有一个对农业有兴趣。两个大女儿在国外读大学,两个小女儿也说长大了就离开古堡做别的事情。没人愿意继承古堡,所以古堡今后会怎么样我们也不知道,说不定哪一天就交给国家了。"

此家族在森林旁有幢古老的小猎宫,一直破旧不堪地孤立着。前几年听说被两个男子租了去,修缮了一番当了居所。其实,我一直暗中喜欢着那栋古朴灰暗的小小猎宫,喜欢它那沧桑破旧却仍然遮挡不住的庄重气质,欣赏它那份久经岁月风霜磨砺的淡定从容。每次路过都情不自禁地幻想着,我要是有钱就把它买下来。

在外人看来庄重气派的古堡,原来还有这么多的麻烦呢,现在我明白了这个古堡女主人为什么会看起来像个"农妇"。她实在是生不逢时,没赶上贵族阶层奢侈的时代。

古堡贵族人家的四口人我算全见过了,和普通的村里人没有什么区别。不同的只是,小村人住在自家的房子里,他们住在自家的城堡宫殿里,大家都得"自己动手,丰衣足食"。不过,比起普通人来,他们依然是家大业大气派大。

古堡人家的自产水果店。自产的苹果及其他水果蔬菜特别受欢迎。

古堡人家的生意经

古堡自己有水果加工厂,果园里收获的草莓、樱桃、苹果、梨等在加工厂被分出大小等级,包装成箱,发运往各地,同时还生产制作果酱、果汁、果干、

除了新鲜水果蔬菜以外,小店还有自产的有机美味果酒、果汁、果酱、果干等。

蜂蜜等。在果园边上他们自己也有个小店，专门卖自家出产的时令水果及果制品，又好吃又便宜，远近闻名，周边的居民经常去买他们家的各季水果。冬天，古堡森林里还卖烧壁炉用的劈柴及成材的木头。

圣诞节前开放的森林圣诞树自选市场，也是古堡人家开办的，且早已成为本地的传统项目之一。我们家每年都要去森林里挑选圣诞树，尽情享受那份独特的迎接节日的快乐。

圣诞树自选市场

古堡人家还保持和延续着古堡的一个古老传统：每两年在古堡内举办一次历时三天的圣诞市场。摆摊卖货的都是附近的农庄主们或手工业者，他们卖自家出产的农副产品或手工制品。我们小街的一位邻居每次都在这里卖自家农庄制作的香肠和火腿，其风味比较独特，虽然价格比超市贵，但买的人依然很多，去晚了根本就买不到。古堡的水果加工厂这时候也对外开放，供人参观。厂房不大却非常现代化，有工作人员在流水线旁讲解并操作，演示苹果是怎样清洗分类的。从这里参观一圈出来你就会明白，为什么商店卖的苹果大小都像孪生兄弟。古堡圣诞市场开市的这三天里，政府会安排公交车开往不同的方向，免费接送来逛圣诞市场的游人。

真正的贵族精神

在一次街道邻居节的聚会上，我聊起了这个古堡，一位长者告诉我，当年二战期间物资匮乏，很多百姓生活窘迫吃不饱饭，当时的古堡主人经常将自家的水果食物拉到街上，免费分发给民众，很多孩子跑来排起长队等待领水果，她也在其中。她说，古堡夫人好友善啊，总是关切地安慰每一个饥饿的孩子，关照着每个孩子，使他们都能得到食物。回忆起往事，长者的表情仍然充满了深情的感激。

这个意外听来的故事是我十多年来听到的关于这个古堡贵族家族诸多奇闻轶事中最动人的一个。真正的贵族不是趾高气扬，自以为贵；不是满身名牌，炫耀富足，真正的贵族精神体现在世代累积的道德修养、高度的社会责任感和真正的普世慈悲胸怀。

春天的古堡，湖水环绕。

莎蒲森村外古堡虽属私人领地，但它就像一颗璀璨的红宝石，镶嵌在芳原绿野之中，绘成家乡一道靓丽的风景。每当我家来了客人，我都会带着他们去那里散步，讲讲关于森林古堡的真实童话故事。那里还是我钟情的摄影地，一年四季，春夏秋冬，我用镜头记录下了许许多多古堡的靓丽瞬间。

有一天我又带着相机去森林散步，在古堡宫殿大门外的马厩前，我遇见两个年轻女子正在为马做清洁。上前询问后我惊喜地得知，她俩竟然就是很多年前我在古堡大门木桥上遇见的那两个古堡人家的小女儿。我对她们说，我读过

两位真正的贵族小姐没有丝毫傲气,如此安详、恬静、淳朴。

关于这座古堡的历史,读过她们家族祖先的故事,并在德国《华商报》开设的"德国古堡游记"专栏里写过她们家这座古堡宫殿,现在我正将这个故事写进书里。两个女孩听了很开心。

上次没有来得及给她们拍照片,我一直很后悔,不料距上次错过很多年后,"邂逅"就这么意外降临。我赶紧提出要给她俩拍张照片的请求,得到了她们的同意,只是她们觉得穿得太随便、不太礼貌,感到有些难为情。

拍下了纯洁朴实的古堡宫殿人家的女孩们与她们的马,旁边还有她们的小黑狗,我心满意足地告别,不再打扰人家专心收拾马厩。真正的贵族小姐原来是这样安详恬静的。

德国人的故土情深

 家乡博物馆：几百年的生活痕迹

只有 2500 人的莎蒲森有个家乡博物馆，由家乡花园协会管理。老沃帮我打电话联系了家乡花园协会的负责人，按约定时间，我们来到位于镇小学校舍一角的莎蒲森家乡博物馆参观，家乡花园协会主席马里欧·古特讷（Mario Gürtner）先生已经在门口守候我们的光临。博物馆不大，只有三间屋子，但琳琅满目地摆满挂满了各种老物件。马里欧说，筹建这个家乡文物展室是 22 年前家乡花园协会成员们的主意，经过大家多年的努力收集，博物馆逐渐丰富起来。这里的展品全都是几百年来小镇人生活中使用过的真实用品，大多来自于本地居民的捐赠。

我们小镇临近鲁尔工业区，几代村民都曾在有几百年历史的老鲁尔煤矿当过矿工。18~19世纪，德国鲁尔工业区的工人生活比南部农牧业区的农民要富裕，机械化进度也早得多，从展室里一二百年前的生活用具中就能看出来。我生长在中国东北煤炭基地工业城市，对楼房住户烧水做饭的煤灶炉很熟悉。相比起来，展室里当年德国家庭使用的煤灶炉无论是外观造型还是使用功能都明显更优越周到，而且更安全干净。尤其外围的那钢铁围圈很科学，既可在平时用于搭炉钩、煤铲之类的用具，也可充当搬动时的把手。老沃说，上世纪60年代他们还在使用这种烧煤炉，直到60年代末期这种烧煤炉才普遍被现代电炉所取代。记得以前我们家住在石油炼制厂职工楼，所以在70年代末就开始用石油天然气罐取代了煤灶。

展室里还陈列着一套居民捐赠的保存完好的矿工礼服。井下挖矿是辛苦、危险又肮脏的工作，矿工在井下每天灰头土脸的，但他们也有尊严。早期德国矿工都配有非常气派的行业礼服，每当节假日庆典、婚丧礼仪，矿工们都会穿上行业礼服，庄重体面地出席各种场合。

马里欧指着一件件老物品讲解着它们的历史。他说，莎蒲森镇在几百年前手工业作坊很发达，很多居民从事手工艺制作，比如制造皮鞋、制作草垫木椅、裁制服装等等，尤其是屋瓦和土陶盆罐制作工艺远近闻名。

镇家乡博物馆陈列着居民捐赠的古老生活用品。

18~19世纪在陶瓷手工最发达的时期，小小的村落居然有七八家陶瓷手工作坊。当然做出来的盆盆罐罐不仅供给本地人使用，还要装上马车拉到城里去卖。现在，小镇人早没人再以做手工陶瓷用具谋生，喜欢陶泥工艺的可以去那些手工艺术作坊过过瘾，或到家乡博物馆欣赏祖上留传下来的釉泽鲜艳的笨重老陶盘。小镇倒是还有一家从事屋瓦行业的家族企业，不过不再是制造屋瓦，而是为建筑新房上瓦顶。德国现在的房屋建筑主要还是用瓦盖顶。在中国，遍地都是水泥建造的楼房，现在的孩子恐怕都不认识瓦为何物了。

小小的家乡博物馆馆藏还真丰富，老式打字机、照相机、放映机、收音机、缝纫机、老式家具、锅碗瓢盆，还有各种各样大大小小的工具等。还有一些祖

马里欧给我演示讲解用工具扎扫把的过程。

传的精美瓷器，其中还有我婆婆捐赠的一套颇有价值的咖啡杯具，那是她父亲在1903年为他母亲特别定制的生日礼物，杯上刻着他母亲的名字和日期，杯面上的一圈葡萄架浮雕图案上涂有金粉。她父亲是邮政职员，属于公务员，收入不错，所以才有经济能力为自己的母亲定做咖啡杯具。

我婆婆捐赠的她父亲于1903年为自己母亲定做的咖啡杯。

德国人对待生活的认真态度真是有传统的，他们不是在单纯地过日子，而是在享受生活。他们将生活用品制作得精益求精，不但结实实用而且美观精致。他们发明创造的热情自古就汹涌澎湃，工匠精神根深蒂固，也难怪现在德国各种厨房神器让人眼花缭乱。

家乡博物馆不但让我对小镇历史有了深入了解，还让我看到了德国人的生活发展进程。德国人不对爱国高谈阔论，但会用例如自办家乡博物馆这样的具体举措，来表达热爱家乡热爱故土的情怀。

老沃告诉马里欧说我正在写本关于莎蒲森的书，准备向中国人介绍这里的风土人情、民间生活和田园风光。马里欧很高兴，问我这本书在哪里出版，当我回答北京时，不料他竟自豪地说他去过北京，参观过故宫、长城等很多名胜古迹，他说中国的古老文化和艺术真叫人惊叹，我立刻感觉与马里欧亲近了许多。

马里欧说，希望我的书出版后能送给家乡博物馆一本用作展出。虽不懂汉字，但小镇人通过照片就会知道，这是一本用古老的汉文描写莎蒲森的书。这

家乡博物馆陈列室

居民用过的老式收音机、打字机、挂钟等

老式小镇民居厨房

第一代"电动洗衣机",木桶下的马达带动装在木桶内的旋转木桨。

德国煤矿工人的专业礼服,穿戴于各种庆典礼仪。

老式煤炉暖气

18~19世纪小镇陶瓷手工作坊制造的陶盘

老式煤矿井下电话

德国老式煤炉灶既可做饭又可取暖，上面有能盖住的各种大小炉灶眼，右门是烤箱，左上小门是煤燃烧洞，中门是通风口，下门是取煤灰洞。

将是小镇历史的第一次。我突然意识到，或许这本书的意义将超越我的个人异乡生活经历，会让更多的小镇人知道遥远的中国，结识美妙的汉字。

家乡歌谣：爱不但要意会，更要言传

德国人爱家乡的情感热情奔放毫不掩饰。这么说吧，你在德国处处能感觉到情深意切的"谁不说俺家乡好"！我去英国旅游回来后忍不住跟邻居说，英国的乡村太古朴太美丽了，比德国好看。邻居不买账，幽幽地说：他们的乡村几乎没有受到战争的破坏。我懂他的意思，战后的德国是在一片焦土废墟上重新

建立起来的,这一点不能相提并论。也因此德国人痛定思痛,特别坚定地反对战争。

和咱们中国一样,德国也有很多笑话各地人的谚语,邻居们一起聊天时,编排起巴伐利亚人、施瓦本人来开心得很,可是对自己这个小小的村镇却自豪得不得了。每当有人问起我们住在哪里时,为了让对方方便理解,我会说在杜塞尔多夫市附近的小镇,而我家老沃才不管那么多,直接说村名莎蒲森,让人家无限懵懂,苦苦思索莎蒲森在哪里。老沃来回要开近百公里的车去杜塞市上下班,但他宁愿每天耗很多时间在高速上也不愿搬进城里居住。在他们心里,这个只有2500个人的小村庄远胜过大城市,是最适合人居住的地方。

婆婆给我的村民提欧多·库尔德创作的莎蒲森家乡歌谣的复印件。

不仅是我的邻居们，德国人好像都有挡不住的家乡情怀。我们去任何乡村古镇旅游，和当地人聊天或问路，人家一听到我们对当地的恭维夸赞都会很开心得意。如果要是再多表现出一些兴趣，他们会马上抛开德国人的矜持，津津乐道地开讲本地的名人轶事、历史风情，还会热心地指点给你当地必看之处。好多德国各地的风土人情、民间故事我都是这么"恭维"得来的，每次我都会收获意外的惊喜并写出独特的游记来，且因有血有肉而并非走马观花，受到读者的欢迎。

德国很多乡村都有赞美家乡的歌谣，前不久我婆婆给了我一份本村村民提欧多·库尔德（Theodor Kulder）创作的莎蒲森家乡诗歌《故乡，静立在古老莱茵河畔》。当我阅读时，直感觉到一种对故乡情深意切的浓浓眷恋，从字里行间扑面而来。可惜我非德语专业出身，对这么美好的诗歌只能意会无法言传。为此我特意请德语翻译专业的朋友吴凌女士将其完美地译成了汉语。而我多年来随手拍下的莎蒲森风景照片，竟与这首家乡歌谣和谐相衬，尽显诗情画意。家园静雅、风光旖旎，亦如作者的真情赞美：

深藏在山脉脚下，

莎蒲森如紫丁香尽情绽放，

亦如我曾经的少年蓬勃年华，
在回忆中静静流淌。
依恋，依恋！
亲爱的故乡啊！
我只想依在你的身旁。

满眸迷人的风光，
每当我漫步在葱郁丘陵山岭，
美景在我心中徜徉。
凝视山谷中我的家乡。
依恋，依恋！
痴迷地眺望远方啊，
追忆年轻时的美妙时光。

绿茵围绕着村庄，
小溪欢畅地流淌，
连绵森林令我心神向往。
鸟儿每天对我婉转鸣唱。
依恋，依恋！
茂密的森林边上啊，
浓浓树荫下是我最钟情的地方。

再次瞭望我的故乡，
高高耸立着美丽的教堂，

茂密的森林是小镇人的最爱。

街道那么干净宽敞。
我的心充满眷眷渴望。
依恋，依恋！
这小小的村庄啊，
将我最爱的亲人生养。

　　莎蒲森的家乡歌谣没有豪情万丈，没有高调升华，却淋漓尽致地抒发了人们眷恋故土热爱家乡的自然真情，感人至深。春华秋实、色彩斑斓的迷人家乡，不仅孕育了日耳曼民族的著名诗人歌德、席勒、海涅，也孕育了许许多多具有浪漫情怀的民间诗人。

德国人都是"动手派"

德国男人的工具库
德国女人的持家之道
人人都是"园艺师",
家家都有"世博园"

隔壁马丁自己动手砌的客厅壁炉。

德国男人的工具库

邻家男人都是能工巧匠

　　德国大概算是世界上最安静的国家之一吧。德国人不热衷于应酬，不稀罕场面上的风光，他们将公私分得一清二楚，8小时之内认真工作，8小时之外回家走人。德国男人呢，应该称得上是天天回家吃晚饭的经济实用型居家男。他们普遍对建材商店情有独钟，喜欢买各种家用工具，热心装备自己的工具库，并且喜欢动手收拾花园和家居。

　　我们花园街共27户人家，花园街尽头左拐过来的小街上有六栋小楼，自打

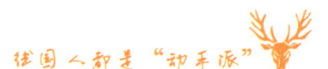

18年前迁进这个拐把子小街,我就作为唯一的"老外"与他们相邻而居。户主们从三十多岁到七十多岁,到如今连当初最小的孩子也高中毕业上大学了。六家的男人们从事着不同的职业:一个影视器械技师、一个公司销售、一个银行部门高管和三个工程师。他们各有各的爱好,各参加各的体育协会,称得上共同喜好的除了喝啤酒外,就是都爱修饰家园,都有一手装修的好手艺。剪草坪、除杂草、修剪树枝,是他们最简单的家务,贴墙纸、铺瓷砖、修理东西,是他们的基本技能。

影视器械技师拉尔夫是我们六家中最年轻的爸爸,刚搬来时刚三十出头。

邻居马丁家的花园。

邻居拉尔夫利用业余时间为家人建造的游泳池，还时常邀请邻居们游泳消夏。

为了让喜欢游泳的一双儿女可以天天游泳，他花费了一年的业余时间，自己在自家花园里建造了一个各项技术指标均符合要求的小游泳池。尽管一年四季维护、清洗的工作量不小，但全家人能尽情享受戏水的快乐，拉尔夫为此颇感自豪。

与我家一篱之隔的邻居马丁被我封为"模范丈夫"，他家的花园也被我封为最精致花园。他每天下班后第一件事就是打理花园，我几乎每天都能透过篱笆看到他忙活的身影。花丛树木高低错落，爬藤吊兰形态各异，各种点缀典雅别致，趣味十足，处处体现出他的独具匠心。德国人心存着童话梦，尽管房子很大，仍喜欢在花园里安置一座小木屋，夏日傍晚，夕阳久久未落，坐在里面喝着咖啡捧本书，浪漫而惬意。虽然各种小木屋有卖现成的，但马丁仍决定亲自动手，设计图纸，精选材料，打造出了一栋专属于自己的梦幻小木屋。这还不算完，马丁还在地下室建造了一间桑拿房。建家庭桑拿房对供暖供电设备、

马丁精心地打造着花园的每个角落。

墙壁防潮程度和地下排水设施等有一系列严格的规定和要求，但马丁靠自己的双手全做到了。他并非学工程技术出身，其职业是销售，可见他的动手能力有多强。

住在小街尽头的乌力夫妇喜欢酒文化，他们自己动手建造了一间酒吧屋，原木桌椅、专业酒吧台、藏酒柜，

马丁（右）父子俩为客人们烤肉。

墙上挂满了他们在世界各地度假时买回来的小物件和纪念品。这个情调十足的酒吧屋是他们安静享受酒文化的场所，也是我们邻居们常去聚会的地方。

自家房子自己造

老沃工具库一角

这么常干活爱干活，一众工具是必不可少的，所以邻家男人们都有自己的工具库，只是规模和数量有所差别，需要时他们也会互相借用。被借用工具最多的是我家，也就是说，我先生老沃的工具库是最包罗万象的，机械的、电动的、大型的、小型的，可谓齐全，光大小钉子就十几

我家老沃自己动手,将祖居百年老房后面加盖了一层,将斜顶小阁楼翻建成了一套跃层居室。

盒。而且他也属于既能干又会干那一型的,这一辈子好像都在跟房子"较劲"。他曾将家里祖传的百年老房子按照现代住房技术标准更新和修缮。他干过的最大工程是独自一人花费了好几年的业余时间,在老房子上加建了一层新楼层,还将斜顶小阁楼彻底翻修,建成了一套跃层独居单元。木匠、瓦匠、电工、水暖工,全他一人担当。他还把我们自己居住的房子装杂物的地下室装修成了一间聚会厅,使我们冬天有了热闹聚会的场地。

前两年他又将我们房子的顶层阁楼重新装修,加建了一个漂亮的卫生间,还在斜屋顶上开了一个巨大的玻璃天窗。除了材料设备需要购买外,从建墙到隔棚,铺设上下水管、电线线路,安装马桶、洗脸池、淋浴间,还有铺地暖管道、铺瓷砖等等所有工程,全是他自己动手完成的。老沃很固执,一定要随己心愿设计,买高质量的建材,而不愿听我的劝告交给装修工人完成。虽然花费了大半年

很喜欢老沃按自己的想象搭建的"中国棚"。

老沃亲手一点点修建起来的阁楼卫生间。

的业余时间,但他很享受自己创造的成就感。当然我也非常喜欢倾注了我们心血的新阁楼。

德国男人大都动手能力强,有创意又有耐心,干活时讲究品质、一丝不苟,不图省力省事,最终享受高质量带来的长久成果。他们觉得,男人就应该具备这些生活能力。而且我发现,他们会有些嘲笑不会干活的"短手"男人。

德国女人的持家之道

🍲 土豆煎蛋要用五个锅？

常有不了解德国人"私生活"的人果断断言：德国人人际关系淡漠。其实并不是这么回事，他们和我们中国人一样，有自己经常往来的私人朋友圈子。不一样的是，德国人的私交朋友圈子不包括社会及工作关系。再熟识默契的工作或商业伙伴，其交往也只局限于工作或公众场合，礼貌来往。而且，即使是私交朋友也有交往的原则和底线，即相互之间不借钱、不打探隐私、不揭秘不传舌。因而他们这样没有精神负担的朋友圈子能来往一辈子。

德国人很喜欢在家里举行聚会，尤其像我们这样的小镇，家庭夏日烧烤、啤酒之夜隔三岔五来一次，周末生活过得充实快乐。就在这样的邻里交往中，我对德国主妇逐渐有了具体的个性化了解和感知。

邻居们在安格丽卡家精致温馨的客厅里聚会。

相对而言，德国人自信独立，他们崇尚自然，看重品位，不追名牌不赶时髦。他们的家具及用品不追逐富丽奢华，不受流行趋势所左右，但绝对要求质量。相对于现代工业合成材料，他们更喜欢原木材料。他们认为原木有厚重的生活质感，而非轻飘飘的表面华丽。不过原木家具的高价位也让很多年轻家庭望而止步。德国人的家居装饰风格非常个性化，体

邻居家餐厅一角

邻居家门厅

隔壁安格丽卡家使用了18年的原木厨房依然洁净如新。

做得一手好菜的安格丽卡的玻璃电炉台面一尘不染,最常用的铲勺依次挂着,各种切刀用磁条吸在墙上。

现着主人与众不同的生活品位和乐趣。不模仿别人，自然永远也谈不上"过时"，也许这就是他们乐于自己动手的一个重要原因。

德国女人同样要相夫教子，操持家务。如果说会做饭是中国主妇的主要持家本领，那么德国主妇的持家本领就应该是清洁卫生。她们非同一般地讲究家里的舒适干净、整洁有序、窗明几净、一尘不染。而德国人最讲究干净的地方不是客厅不是卧室，而是厨房和卫生间。她们对其环境及用具洁净度的要求几近苛求，可以说都有"洁癖"。

德国人做饭相对简单，但她们的厨房用具却非常复杂。各种大小、各种高低、各种功能的锅具；各种大小、各种形状、各种用途的铲勺切刀；各式各样的厨房小用具……真可谓应有尽有，不应有的也有。我刚来德国时曾在一家德国餐馆的厨房打配料工，我自觉地用黄瓜切片折成小蝴蝶，摆在餐盘边做装饰，但手艺不精常出废品。没想到第二天老板娘就上街买回了花草、星月、动物等各种形状的小切具，让我的小得意没了用武之地。

中国人多，不乏劳动力，多花点功夫多用些力气，一双筷子一把菜刀搞定厨房。德国人少，看重效率，所以是工具制造狂，任何活计都会发明出相应的工具来解决。比如，中国人用筷子打匀鸡蛋，德国人用打蛋器；中国人用菜刀背拍碎蒜瓣，德国人用碎蒜器；中国人用筷子搅拌肉馅，德国人用搅拌器；中国人用菜刀切土豆丝，德国人用切丝器；中国人抡把大勺可烧出一桌菜，德国人

女主人忙碌中。

各种面包、奶酪

做一道菜得用各种锅。

我见过婆婆给自己做饭：先用一个高桶锅煮熟土豆，然后将熟土豆切小片，放一个平底锅里慢慢煎黄，再用一个小煮锅调制出浇汁，再用一个平底锅煎两个鸡蛋，再用另一个小平底锅煎点碎火腿做配料。还好德国灶台的玻璃电炉面上有四个不同直径的电炉，让她可以同时放下四个锅。她这顿用了大小五口锅的"大餐"，盛出来不过是一盘土豆煎蛋。幸好德国橱柜都有洗碗机，不用自己辛苦清洗这一堆用具。

德国人吃的内容相对单调，但做饭和吃饭的形式却非常高调：使用不同功能的炊具、配套的盘碟碗和刀叉勺、用于喝各种酒的配套玻璃杯、讲究的桌布、餐巾纸和烛台。餐桌所给予的精神上和视觉上的享受，甚至比用餐本身还重要，不可简化省略。德国人不追求名牌服饰但崇尚高品质的厨具和餐具，厨房是德国家庭投资最大的房间。所以德国制造出了Fissler、WMF、Silit、Zwieling等世界知名品牌及很多不知名但质量同样上乘的炊具和餐具，还有各种高档厨房电器。研发生产

安格丽卡家个性化的餐桌角

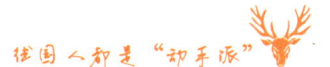

高品质的厨房用具,早已成为德国的重要产业。

德国女人的厨房复杂繁琐,用具太多,幸好德国人是秩序狂,他们的整体橱柜里面功用齐全,分格细致。十几口锅、二十几个铲勺、盘碗杯刀叉勺、无数的小工具,都各有归处,次序井然。她们又极爱干净,所有用具擦拭如新,炉台无油迹、无浊味。这样讲究有序又宽敞的厨房,会让女人产生自豪的占有欲,就像男人的工具库之于他们的意义一样。

对卫生间的"洁癖"要求

对于每天都要洗澡换衣的德国人来说,卫生间的宽敞舒适很重要,这自然也是德国主妇们做清洁的重点。地面无发丝,镜面无水痕,空气清新,再摆盆植物花卉,挂上小装饰,每天置身其中洗漱,当然能够放松愉悦地享受生活。在德国,无论是私家卫生间,还是公司或公共场所的厕所,全都没有污渍没有

我喜欢装点家门口,悦己悦人,也为邮递员创造一个温馨的"工作环境"。

污浊感,最特别的是没有一丝"厕所味"。我猜想,很可能是德国下水道的结构与中国下水道不同,能避免污味回返。

德国卫生间及马桶还有下水道设备行业,和德国其他制造行业一样,科研力量雄厚,追求产品高质量、舒适度,品牌享誉世界。人每天都离不开卫生间,卫生间设备的质量直接关系到生活质量,比宇宙飞船更与每日生活息息相关。德国的马桶水箱是砌在墙里的,马桶离地挂在墙上,使做清洁卫生无死角。

上个月,国内来了一位朋友到我家做客,她很惊奇我家的卫生间里养着大盆小盆的绿色植物,吊着花篮,到处有可爱的小摆设。我问她是否想匆匆离开卫生间?她说,"正相反,我太想在这儿多磨蹭一会儿,慢慢悠悠地把自己收拾漂亮。"是呀,这就是卫生间应该具备的功能,人每天要花很多时间在卫生间里呢。

大多数德国女人喜欢用鲜花、工艺品或一些有趣的小玩意儿装点房间,让家里充满温馨的情趣。这也正是我的喜好。不论是逛商店还是逛跳蚤市场,我最有兴致的就是到处淘可爱的小摆设。我把家里的卫生间、厨房、走廊,还有

我喜爱有趣的石头,这是我开辟的花园石展。

花园角落里,到处装点得像童话故事里的场景,自我陶醉。

有一次我不小心把一个瓷花盆摔碎了,想了想没扔掉,把它和树丛下愁眉苦脸的鸭子一家放在一起,让它们悲催的表情有了理由:宝宝的澡盆坏了。一般德国人的家门口会挂个写着"Willcommen"(欢迎光临)的迎客小木牌,看多了我就来了个别出心裁,在门外的花坛植物中放上作迎客傻笑状的泥偶一家,它们那憨拙的豆眼模样叫人忍俊不禁。

宝宝的澡盆坏了。

在德国人的装修观念里,家不能像宾馆,而宾馆应该像家。对于每个人来说,最舒服最放松的地方不应该是远方,而应是自己的家园。温馨舒服不取决于豪华奢侈而全在细节:洁净的细节,视觉的细节,感官的细节。

我家门外的迎客花坛

人人都是"园艺师",家家都有"世博园"

"前花园"和"后花园"

我们小镇人大都居住在带花园的独家私宅小楼里,这里基本没有公寓。德国民居都是顺街而建,临街的前花园都不大,开放式,一般无院门和围栏。前花园是房子的"名片",是给路人看的,因此每家都在装扮前花园上格外下功夫,布置得非常漂亮雅致。各种修剪有型的常青植物,搭配着四季错落绽放的花丛,其中点缀上几块大石头,或摆上花园小矮人和小动物等。每家的主人都按自己的喜好和审美,将自己的"名片"装扮得风情各异。

德国人都是"动手派"

和美国人不一样,德国人一般不会把信箱安置在花园前路边,而是直接挂在房门边,送信送报的人可以直接走进前花园来到房门前。房主人会将房门前打扮得有意趣,台阶上摆着造型花盆,门上挂着可爱的饰物,以便让每天来送信送报的邮递员或上门募捐的、查水电煤气表的人赏心悦目,带给他们愉快的工作情绪。

前花园

后花园是供自家人享用的,都比较大,且用高大的植物墙围起来。一楼客厅一整面落地窗直接面对后花园,窗外的落地阳台放着不怕雨淋的花园桌椅,阳台上方安装着伸缩式遮阳篷,外面大草坪四周种着花卉树木,摆着躺椅。讲究的还会建有小鱼池、小喷泉和花园小木屋。夏日的傍晚及周末,全家人会在后花园烤肉喝酒,休闲放松消夏。后花园是块外人看不到的私人领地,没有主人的邀请,外人是不可以进入的。

德国人特别喜欢花草,家里家外都种着花,窗台里外都摆着花,窗台里面的花是

后花园

给自己看的,窗台外面的花是给路人欣赏的。所以不论人们在家还是在路上,总会置身万紫千红中,满眼花红柳绿,鸟语花香。

　　房前房后、家里家外这么多花卉植物,不仅需要投资还需要花时间和精力修剪除草。尤其那些生命力顽强的野草,时常会从石缝里、小道边钻出来。为保护环境保护土壤,德国人自觉自愿地不使用农药除草剂,而是用除草小刀具一点点抠,也有的人家备有气火枪用来一点点烧石缝里的野草。这些都是有花园的人家经常要做的杂务,很需要耐心和责任心。小镇人有很强烈的秩序感,也爱"管闲事",如果你懒惰,不收拾花园,不清除野草,邻居会有看法的。因为这不仅仅是你个人家的私事,它也影响到了街道的整体美观。

悠然慢生活

小镇人家的门窗都是别致的艺术品，家家的花园都是独特的风景画。对于我来说，每次在小镇街上散步，观赏邻居的精美花园，看到人们在花园里勤勤恳恳地劳动，都会促使我产生美化自家花园的动力，也督促我赶紧抠石缝野草。自己享受整洁，也让别人舒服。

每每有国内的客人来我家，在我们小镇街上随意漫步，都会被家家户户的小"世博园"惊艳到，被美丽恬静的生活氛围净化心灵，由衷赞叹这才是真正的热爱生活享受生活。其实，我们这里既不是旅游景点也不是风景胜地，只是个普通得不能再普通的居民小镇，在德国这样的地方到处都是。不管是住在城市还是乡村，无论是在风景胜地还是普通小镇，放慢脚步，品味细

邻家花园一角

我家花园

我家花园一角，摆弄花园乐趣无穷。

我家的前花园

华人朋友培育的四川花椒树在我家花园结出了花椒。

冬日花园

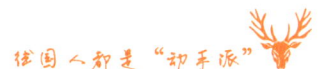

节，追求精致中的美好，是德国人普遍对待生活的态度。

有些刚来德国留学的中国学生很不适应德国按部就班、有条不紊的生活方式，时常抱怨德国的"快递哥"速度太慢，抱怨德国商店周日不营业，抱怨周末找修理工价格加倍，抱怨德国人做事"慢腾腾"，甚至把这些看成是落后的表现。

德国是基督教国家，周日是上帝规定的礼拜日，教民们要去教堂聆听上帝的声音，寻求心灵的安宁平静。人的信仰和精神需求不能被喧闹的商业大潮磨灭。周日休息不工作是德国社会的福利规定，忙碌了一周的商业工作人员或修

小镇民居

理工甚至医生，同样需要家庭生活，他们也要和家人孩子一起过个温馨放松的周末。

生命是个长途旅行，生活是旅行的过程，德国人的生活观是放慢脚步，注重生活细节，一路欣赏旅途中的美妙风景，带着丰硕的收获走向人生终点。安稳发展事业，安逸享受生活，因此德国社会稳定，民富国强。

我喜欢出门随身携带相机，随手抓拍四季风情、田园风光、小街古韵、文

化民俗。我的电脑里存下了大量关于小镇的真情记录,我很享受这种视觉快乐和精神丰足。相信百年之后这些照片会给后人留下惊奇,就像我现在看到小镇自己出版的好几本百年老照片书一样。

　　文中的照片是我平常散步时随手拍的普通民居的门前或前花园风景,这些民居小楼有百年老屋也有刚刚建造十年的新房,家家都有"世博园",人人都是"园艺师"。

过这村，没这店

- 农庄土豆小木屋
- 五十年花店
- 路边自选花架和原野自采花田

酷爱吃土豆的老沃每月都要去小木屋买农庄土豆。

农庄土豆小木屋

 投钱拿货全自助

  德国不产大米，麦子为主要农作物，面包养活了祖祖辈辈的德国人。除了面包还有一种食物对于德国人来说必不可少，那就是土豆。德国人大多酷爱吃土豆，就以我先生沃夫冈为例，他是两天不吃难受，三天不吃烦躁，四天不吃就不管什么山珍海味一概不碰，一定得煮一锅土豆才心满意足。

  他给我讲过德国土豆史。土豆是16世纪时欧洲人从南美带回来的。起初他们以为土豆开花后结出的小西红柿状青果可以吃，结果尝过的人全部中毒，上

吐下泻，于是一气之下他们把土豆植物全拔掉，这才发现了根部结的土豆茎块。土豆种植简单，储藏方便，又好吃，营养又丰富，因而很快得以普及，到17世纪时已成为欧洲人的重要粮食作物。1840年，欧洲爆发了马铃薯疫病灾难，造成土豆大面积歉收，饥饿席卷欧洲，加之政治动荡，引发了以英国人和德国人为主的大量欧洲农民背井离乡，迁移美国定居。这批欧洲移民被称为土豆移民。

几百年的时光里，德国人早已把土豆当成干粮，种植出了不同口感和用于不同做法的各个品种。任何超市都有土豆卖，且非常便宜。德国人偏爱国产土豆，因为德国农作物不上化肥不打农药。我家老沃更挑剔，只买农庄土豆。我们小镇的哈曼斯（Hammans）家族农庄产的土豆是他的最爱，他对这个农庄产的土豆味道赞不绝口。

哈曼斯农庄在镇外原野中，后院是农庄人自己居住的花园别墅，四周围着大片大片的土豆田，一派悠然田园风光。农庄景色大都如此，倒也没什么稀奇，但他们家卖土豆的方式特别新奇。

农庄老式山墙下有个小红木房子，里面木架上摆着装满土豆的牛皮纸袋，小黑板上写着价钱：2.5公斤袋／2欧元（合人民币约15元），5公斤袋／3.5欧元。另一侧的台子上放着农庄人家自家养的鸡下的蛋，墙上贴着价格：1个／0.2欧元，10个／2欧元。这些价格在德国本地就是一个小冰淇淋球的价钱，可这些都是质量上乘的纯有机食物。最让我感慨的是墙上挂着一个小铁匣子，上方写着"食物拎走，钱扔进去"。是的，你没看错，东西任你拿走，钱随你投入，无人看管，外面也没人监控。

在现代商品社会，有这样一个真实的田园小木屋，随意放着农家土产，随你挑选，随你自觉。如此被人信赖的感觉真是妙不可言。

这个小木屋里，没有人不投钱入匣，就连闪过一丝贪念，都会为自己的龌龊思想倍感羞愧。不仅如此，还会情不自禁地为享受到陌生人如此坦荡的真诚

土豆小木屋

小木屋架上摆着土豆,小蓝铁盒上方写着"食物拎走,钱扔进去"。

土豆小木屋角落里的收钱盒

小木屋里还卖农庄鸡蛋,墙上贴着不同土豆品种的说明介绍。

木屋墙上贴着买土豆的客人的留言,最耀眼的是"中国美女购买享誉中国的莎蒲森地下苹果"。

信赖而想表达些什么，比如多丢进几个零钱，或在墙上贴上抒发情感的字条。

哈曼斯农庄的土豆确实好吃。他们选择优良品种，施农家肥，凭着几代人的敬业精神精耕细作。收获的土豆不经历水洗工序，而是将泥土震动掉。老沃水煮土豆历来带皮煮，因为土豆皮中的维生素含量最丰富。他最拿手的土豆料理，是将土豆洗净后带皮竖切四瓣，用橄榄油和孜盐粒小火煎黄。他的这道带皮煎土豆风靡了我们的中国朋友圈，顺便也把中国朋友们"培养"成了农庄土豆的粉丝，以至于哈曼斯农庄的小木屋墙上不但出现了汉语赞言，还有中华美女与土豆的合影。这是老沃的"杰作"，他将我们四个买土豆时的即兴合影打印出来，配上"中国美女购买享誉中国的莎蒲森地下苹果"的注释，贴在木屋墙上十分醒目。这幅有趣的"广告画"让农庄主人和其他客人惊奇不已。

和农庄主一起收土豆

我们每个月都去小木屋买土豆，但几乎未曾遇见过主人。直到今年初夏的一天，庄主父子俩正在仓库里忙着给机车加水加油，准备收获早土豆，我们才得缘见面。庄主哈曼斯先生和老沃是小学同学，他们同年入镇小学同班读书。如今，哈曼斯经营着自家祖传的偌大农庄，老沃在州府一家冶金厂当机械制造工程师，他们依然共同生活在家乡小镇，工作都是操纵大型机械。德国农业早已全面实现机械化，所有农活都是操作机器来完成。

当听说他们要去收获田地里的土豆，我立刻心血来潮要求加盟，他们很痛快就答应了，我便有了一次难得的德国农业劳动体验。

哈曼斯先生驾驶着拖着起土豆机车的拖拉机，沿土豆垄慢慢行驶。哈曼斯夫人和长子在机车上面分拣齿轮传送带上的土豆，打包机自动装袋自动封口，刚刚还长在地里的新鲜土豆很快就成袋成袋摞叠好了。因那天刚下过雨，土地潮湿，不时有泥块混上来，我的工作就是将传送带上的泥块挑出去。机车的机械手全封闭，我没看明白它怎么能只把土豆从土里挑出来，而把秧子和泥土都留在地里。

  我手不停嘴也不停，问出许多疑惑不解和感兴趣的问题，从哈曼斯夫妇那里获得了好多知识。他们种植的土豆主要供给固定的大型收购商，小木屋的零售袋只是方便小镇及附近居民吃到出自家乡沃土的新鲜土豆。小木屋不需要管理经营，既无运输费用也无人工成本，所以价格便宜。这台机车是他们自家使用的一排道传送带起土豆机，用于小批量收获土豆。到采购公司大量收购的日子，他们就预租农业机械公司四排道传送带的大型机车和操作工人，收获好的

哈曼斯先生驾驶拖拉机，操作起土豆机械自动收土豆。

土豆直接打包运走。他们也和其他行业一样,早早制订出工作计划,甚至提前一年定好日期,然后每天按部就班地工作,不会随意改变。

我在网上读到一篇关于中国农业部的消息,2015年中国已经启动马铃薯主粮化战略,推进把马铃薯加工成馒头、面条、米粉等主食。预计到2020年,一半以上的马铃薯将作为主粮供应食品市场。很有意思,在我写这篇土豆小木屋时,德国《莱茵邮报》转登了中国农业部的这条消息和一幅"别拿土豆不当干粮"的有趣漫画。或许将来有一天,哈曼斯农庄的优质土豆也会被引进中国也说不定。小木屋的经营方式也许将来也会被中国所借鉴,也许会让人们消除彼此之间相互戒备的冷漠,重拾崇高的信任感。

我有幸亲自体验了机械化收土豆。

我手不停嘴也不停,负责挑出泥块,同时询问各种问题。

紫藤爬满门窗的是我们小镇的小花店。

五十年花店

　　德国人大概是世界上最喜欢种花草的民族之一，不论城镇还是乡村，到处树荫遮天，绿草茵茵，花丛簇簇，家家户户植物常青，鲜花盛开。德国人去别人家拜访做客最常送的礼物也是鲜花。婚礼铺满鲜花，纪念日庆典铺满鲜花，就连葬礼也铺满鲜花。

　　相对于城市，小镇乡村更像个生态花园，我们小镇家家前后庭院和窗前门下都被鲜花绿植装点得生气勃勃。但尽管家家均种花卉，小镇花店仍然会有客人上门。

　　小镇花店很好认，在镇中心主街的一栋老房子里。门旁两棵古藤缠绕的苍老紫藤树像巨大的遮阳伞，枝叶搭满门窗。这两棵百年老紫藤树是小镇的标志。听一位家住杜伊斯堡市的退休老工程师说，他年轻时常骑车去荷兰边境小城，我们小镇是必经之路，每看到这两棵老紫藤他就知道路程已过半。

　　花店不大，就临街的两间屋。花店橱窗随着时令变换着装饰风格，尤其春天紫藤花开时节，紫藤花如同浅紫和淡蓝的幔帐穗帘般遮了满墙满窗。德国人管紫藤叫"蓝雨点"，每当紫藤怒放时节，远近的摄影爱好者都会来拍好片子，我也是其中之一，记录过"蓝雨点"的各种纷纷洒洒。花店女主人说，很多人都把自己拍下的紫藤照片送给她，她家里的一面墙都贴满了，好像糊上去的紫藤墙纸。

　　和蔼的花店女主人七十多岁，是本镇居民，摆弄花草轻手轻脚，倾注着感情。每天她用不同的鲜花和绿叶植物搭配出风格

复活节时的花店小窗

不同的花束，供客人挑选。她熟识花语，会根据客人的需要，推荐适用于不同场合的花卉，或者帮客人挑选些可爱的小饰件，搭配出心仪的插花盆。

　　德国花束和中国有些不同，比较讲究色泽及形状的搭配，在几支花朵之间高低错落地穿插着绿色植物和叶子，甚至青草，很有立体感也更自然，而不是同样的花满满的一大捧。德国有园艺职业学校，可以学习花草植物种植技术和花卉工艺。

　　小镇花店里还摆了些蔬菜、水果及果汁，都是本镇农庄的纯有机食品。有些小镇居民喜欢来这里买些蔬果，尤其上了年纪的人，他们不愿意去大超市买蔬菜。

圣诞节时的花店小窗

女主人说她从小就特别喜欢花草,年轻时学过园艺,开这家小花店已经53年了。她说:"这么多年,人们对花草的热爱一直没变,只是每个时代的插花风格在变化,还不时有新的花卉品种出现,我得经常学习新知识新手艺呢。现在我已经老了,虽然还很健康,但慢慢地也该退休了。我很高兴的是,年轻的一代依然喜欢花,尽管他们爱玩电脑玩手机,但他们还是会选择鲜花作礼物,经常有年轻人来买花。"

女店主精心打扮的花店橱窗

　　五十多年，岁月在小店里流淌，年华在花草间老去，花店还是这么小小一间，店面还是这么大。我心中有疑问：这么偏僻的小镇这么小的客户群，能赚到钱吗？于是不由得问她："小镇不大，人口不多，您怎么能在这里坚持开了整整一辈子花店呢？"女主人坦然地回答："我并不想成为百万富翁呀，我爱花草，爱这里的人们，一辈子做我喜欢的事，很开心。"

　　德国很多家庭小店都是这样的，他们做生意不急功近利，不图发财致富，而是将其当作生活的内容，讲究质量，看重信誉，专注用心，享乐其中。

　　临走，在我跟女主人用言语表达谢意时，我先生老沃在店里买了一束鲜花。其实我家并不缺少鲜花，在打扰了人家后他用自己的方式不动声色地表示尊敬。他的德式教养让我汗颜，要学习的东西还很多啊。

女店主经营了五十多年小花店。

老花匠家和自选花架

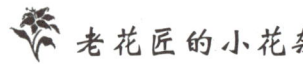 路边自选花架和原野自采花田

 老花匠的小花架

  在德国可以买到世界各地的花卉植物。德国的园林业很发达，经验丰富的园林师和职业花匠们将引进的异域品种进行培育繁殖，以适应本地的气候土壤，再使其进入公共园林及个人家庭。我家花园里就种植了引进的中国牡丹花、山茶花、玉兰花还有青竹。我还认识这样一位老花匠。

  老花匠一家居住在镇边森林祖居里，我傍晚去森林散步时，只消几分钟就可以走到他家门口。他家门外的小路不仅是进入森林的必经之路，还有一样更

森林边老花匠家路口的自选花架,那个不起眼的红铁盒就是收款盒。

吸引我,就是那个路边的小花架。花架上摆满花草植物,还有香料苗和蔬菜秧,上面标有单价,很便宜,每盆1到2欧元,架上绑着个小红铁盒当作收钱盒,看中了哪盆花或苗,把零钱丢进铁盒自行拿走就行了。就跟农庄土豆小木屋一样,只是钱盒子更简陋。

这些花卉植物都是老花匠自己培植的。九十多岁的老花匠早已退休赋闲在家,他身体健壮头脑清醒,有一手培育花卉的好技术。他在自家偌大的花园里种花草种香料,家里家外摆满花后,还放在院外的花架上,供路过的人随意挑选。就这样,我成了这个自选花架的老客户,每次路过都要停下脚步,瞧瞧有什么新花样。老花匠以丰富的经验种出来的花草品种好,生命力顽强,而且本乡水土,几步路的距离就可以挪进我家园子。这样的挑花方式轻松有趣,试过

115

一次就会上瘾。

老花匠的老伴是我婆婆的闺密，九十多岁眼不花耳不聋脑不痴。我婆婆也极爱花，有时候老花匠的老伴会让孙子给她捎鲜花过去，她的孙子租住在我婆婆住居的顶楼，我婆婆也会托他捎带过去自己烤制的蛋糕，她们就这样清清爽爽地来往了一辈子。住在森林边，热爱养植花草，吃自家产的青菜，用自家培育的植物佐料，心静安宁，这就是他们的健康长寿之道吧。

原野花仙子

原野自采花田无人看管的收钱匣

德国还有一种买花方式，更浪漫更随意更有趣。一些地主会在自家的田地里种上各种花卉，长大了开花了，也不去收获，而是让人们自己随心所欲去采摘，这就是自采花田——一种最轻松最偷懒的卖花方式，也是最悠闲最惬意的买花方式。

如果有足够的时间，尽可在原野花团锦簇的田中游走，嗅着缕缕幽香，领略千娇百媚。看中了最美丽动人的那一朵，就精心剪下来，轻轻放进篮子里。那种满心喜悦，大概如同以前皇帝选妃一般吧。

飘然来了一位美少女在花田里优雅采集鲜花。

　　数数篮子里，如果数量足够搭配出自己独特风格的花束了，那就提篮走回田头，按田头牌子上标注的单价，自己算好价钱，将钱投进钱桶里，就可提着满篮清新蓓蕾，心满意足地回家了。

　　半月前，我们刚刚去过附近的一块花田自采鲜花。上帝对于我出门带着相机随时记录真实生活的好习惯，总是格外关照，就在我认为老沃采花的景象不够美感时，有一位长发盘起、长裙曳地的美少女飘然而来。她提着篮子，款款徜徉花田，优雅采集着鲜花，这种人与自然的完美和谐，才是自采花田的最美好之处吧。

与大自然的生灵比邻而居

● 小镇飞来"送子鸟"

● 莎蒲森小村野生动物观察笔记

小镇飞来"送子鸟"

不速之客

也许是那年超乎寻常的温暖圣诞传递出了错误信息,使一只美丽的大鸟耽搁了南下的脚步,以至于2013年初寒冬腊月冰封大地时,它飞到了我们小镇,落脚在镇口公路旁一个路灯的灯罩上。

小镇这条主公路旁排列着相同的路灯,没人想得通,为何这只大鸟只对这个路灯情有独钟。它白天出去活动觅食,傍晚固定落在这个路灯上歇息,从不错位,也不换位。

这种野生鸟的德文叫作 Storch，一般群居在野外湿地，小镇居民们都认识这种鸟类。人们从那个路灯下开车驶过或走过时，都会惊奇地仰视思忖：它从哪里来？打算往哪里去？然而，这个外来客坦然自若，每天站在路灯上认真地审视着公路，从容地检阅着来来往往的大小车辆，顺便随时潇洒地将粪便洒下路面。那些天，我家老沃下班回来总是兴致勃勃地向我汇报，他开车驶进镇口就看见大鸟蹲在路灯上瞪着大眼，专注地俯视着他，好像思考着是否给他放行。大鸟已然自己做主，上任小镇的通关门神了。

半个月过去了，无论刮风下雪，还是天寒地冻，大鸟不离不弃，蜗居在那个光秃秃的路灯上。居民们被它的执着所吸引，开始行动起来。居然还有人很专业地弄清了它是雌性，并给它起了个好听的女性常用名——露西（Luzie）。媒体记者也跑来猎奇，连篇累牍、图文并茂地大幅报道此事，使露西越发名声大噪，弄得小镇上下及周边家喻户晓人人皆知。

露西的意外大驾光临，确实让小镇人受宠若惊。野生动物协会的人热心商量着要为露西美女做点什么，比如给它建造个窝。但也有人提出反对意见，认为野生鸟自有野外生存能力。人们散步时相遇，总会对露西津津乐道几句，述说着在哪个小水滩看见它觅食了，看见它落在谁谁家房顶了。还有小孩子乐颠颠地把苹果送到路灯下。

没人想得通，为何这只大鸟只对这个路灯情有独钟。

收集德国好时光——小镇生活风物记

在一家电力公司的资助下，居民们为露西建造了一个高大上的私宅。

露西在此定居约两个月之后，小镇居民米歇尔从工作的电力公司得到材料资助，和其他居民联手，在距公路不远处的浅水滩边，就是露西常去觅食的地方，建造起一根11米高的钢筋水泥柱，上面构建了可供两只大鹳鸟居住的结实的铁丝窝巢。他们想得很周到，窝巢面积足够以后露西成家立业，生儿育女。露西有了个舒适的高大上别墅，可是它并不领情，只是白天偶尔落脚新居打个盹，晚上仍然固执地居住在路灯上。

定居

露西成了小镇最受欢迎的新居民，那健美的身材、优雅的长颈、潇洒的滑翔姿态，迷住了所有居民。从小就没见识过什么野生动物的我更是好奇心泛滥成灾。查阅字典我得知Storch中文叫鹳，身形似鹤，身高约1米，白羽毛，翅膀和尾巴黑色围边，红长腿红长喙。鹳的眼睛围着一圈弯弯的黑眼圈，就像长着一双笑眼，非常可爱。

露西深得小镇居民宠爱，落到哪里都受到敬仰。

一对新婚夫妻的新房上被朋友们放上了送子鸟和一串婴儿服,还真管用,如今他们的孩子都会走路了。

在德国,鹳有个俗名叫"送子鸟",传说它会给想要孩子的人家送去孩子。童话画册里常可见一只鹳叨着装有小娃娃的布兜飞来飞去,让小孩对自己的来历产生神秘的自豪感。德国人有个传统习俗,朋友们会在新婚夫妇的房门前或屋檐上放上一只鹳,挂上一串婴儿服,其寓意与中国闹洞房时撒花生和枣一样,意味着早得贵子。记得我刚来德国时,看到有人家门前挂着这样的装饰,还以为这家有女人正在坐月子,提示闲人免进呢。前几年我们后面一家新婚夫妻的新房上就被朋友们摆上了一只送子鸟,并挂上了一串婴儿服。还真管用,如今他们家的孩子都会走路了。

鹳类不像白天鹅,它们并不与人类亲近,时常群居野外,冬天飞至南非越冬。故露西离群而孤单地落脚我们小镇过日子,比较罕见。虽然不知出了什么变故,但露西选择在这里居住下来,让莎蒲森的小镇人既开心又骄傲,这件事至少证明了莎蒲森镇的生活环境适宜很多生命物种和谐相处,共同居住。大家都衷心希望露西能找到一个伴侣,幸福快乐地长居下来。

露西缓缓舒展双臂,慢慢蹬直双腿,极优雅地弹跃滑翔于空中。

它伸展完左边,又换右边。

露西伸腿展翅,专注地做着全套体操。

露西笑眯眯地伸出爪子摇,我以为是和我打招呼,结果它只是挠痒。

一个周末，我和老公带着相机出门，在镇外森林小路的一个路灯上看到了露西。这个路灯是它的行宫，白天它常在上面落脚小歇。美丽典雅的露西心理素质超高，不惧人，不管我在灯下举着相机怎样忙活，它在上面只管专注地用喙和爪，上上下下不停地清理羽毛。有那么一刻，它终于注意到了我，居高临下望着我，笑眼眯着慢慢伸出爪子摇起来。我激动极了，以为它在和我打招呼，赶紧腾出手去摇摆回应。结果是我自作多情了，它只是伸爪给脖子挠痒痒。

　　做完周到细致的自我美容护理和健美操，露西终于要起飞了，只见它缓缓地向上舒展翅膀，伸直了双翼，两腿慢慢蹬直，轻轻一弹，跃翔于空中。那一瞬间，多少野生动物摄影爱好者长途跋涉、长期野外守候都难得一见的鹳鸟起飞时极优美的滑翔姿态，被我在家门口近距离轻而易举地抓拍成功！

　　露西的到来掀起了小镇一阵求知热，好多人上网查阅关于鹳的生活环境、迁徙及习性知识等，希望能对它有更多了解，提供些有益的帮助。我在阅读了德国网页上对鹳鸟的详细描述后也速成为"专家"。白鹳是欧洲最有名的鹳鸟，它们挺拔的身姿和优雅的步伐颇有芭蕾舞演员范儿。白鹳是食肉族，生活在近沼泽、湖泊或河流的野外湿地，那坚硬的长嘴简直就像一把多功能尖钳，能够轻松地攻破蜗牛、螺贝等结实的外壳，美餐一顿。白鹳属于杰出的长距离移民群体，冬天迁移至非洲度假，春暖花开时再飞回北欧老家。

　　鹳鸟的飞行技巧与众不同，那异常宽大的翅膀使它们成为唯一能够在慢慢滑翔中，间歇停顿在空中的鸟类……这已有幸让我亲眼见识过。由此我还联想到，人类发明的滑翔伞运动可能就是照抄了鹳鸟的原创滑翔技术。

　　正当小镇人已经习惯露西在头顶上飞来飞去，把路守镇，孩子们已经将它当成了老朋友时，露西的身影突然消失了。居民们对露西的失踪很失落，有人还自我安慰地解释道，春季是爱情的季节，它可能去寻找伴侣了。本还幻想着它会带回个情郎，在那个硕大的别墅里生儿育女繁衍后代，可一年过去了，露西踪影全无。每次路过那个崭新的鹳巢我都要抬头望望，巴望奇迹出现，可是并没有。

去而复返

2015年元旦过后，法国巴黎发生了令世人震惊的伊斯兰国恐怖组织成员袭击法国《查理周刊》杂志编辑部的恐怖血腥事件。当时我正从国内探亲返回德国，机场海关检查异常严格，从人们严肃的表情中我感受到了一丝紧张的气氛。然而，开车来机场接我的老沃却告诉了我一个意想不到的好消息：失踪近两年的露西又飞回来了！它又蹲在镇口那个路灯上，例行公事地检阅起车辆行人了。对于我们莎蒲森的居民来说，露西把和平与温情的感觉又带回来了。

失踪了近两年的露西又飞回来，再次离奇地落户在这个路灯上。

露西的执着情愫太不可思议，傍晚夕阳西下、华灯初上时，它一定会飞回镇口主路边它两年前相中的那个路灯上过夜，风雨无阻。或许是下面来来往往的车辆所划出的一道道流光溢彩，让它对这个"灯景房"格外着迷，可为什么就一定是那一个呢？路边等距离的路灯长得全都一模一样，它是怎么分辨出来的呢？这可能需要动物学家来解惑了。

我们小镇及周边森林里居住着很多飞禽，像野鸡和野鸭，体型大的还有天鹅、鱼鹰、猫头鹰之类，其他各种大小鸟类更是应有尽有。镇边有个专门围起来供野生禽鸟觅食饮水的浅水滩，有很多鸟类在此觅食。这里也是露西的捕食胜地，但它不屑与任何其他禽鸟为伍，总是淡定地独来独往，悠闲散步。居住在浅水滩旁边的萝瑟玛丽说："每天上午10点到11点还有下午

露西在镇口的浅水滩从容觅食。

两点左右，露西会飞到我们花园来吃我们为它准备的新鲜鸡肉，邻家的孩子们也会跑过来，他们特别开心能亲自给它喂食。像露西这样信赖人类的野生飞禽，我们真的从未见过。"

这样亲近它的殊荣我也享受过。一天我带着相机来到浅水滩，正遇见露西在漫步。对于我的悄然靠近它毫不介意，兀自挺立在小溪边。相隔两米宽的小溪流，就像两年前我在路灯下拍它一样，露西从容淡定地面对我的镜头，作深思状。阳光暖暖地照在我俩身上，风儿轻轻掠过，撩乱我的发丝，吹散它的羽毛，我们就这样无声相视而坐，分享着原野中的宁静与安详。

隔着两米宽的小溪流，露西和我相视而坐了个把小时。

城市湖边，孩子和野鸭、野天鹅嬉戏。

莎蒲森小村野生动物观察笔记

🐾 住在隔壁划地盘的野鸡夫妇

春回大地，万物复苏。憋了一个冬天的邻居们又活跃起来，喝啤酒谈天说地，花园一坐小半夜。比邻居们更激情亢奋的是田园林野中的动物和飞禽，谈情说爱生儿育女，忙活得上飞下蹿不亦乐乎。森林边常有小鹿闪出跳跃，草地上一群天鹅家族，一会儿伸长脖子互相对着"昂昂昂"地叫嚷，一会儿扇起翅膀在森林上空盘旋，不知在忙活些什么。

住在乡村有个特点：人少动物多。常有小动物不请自来，登门"拜访"。小刺猬、猫头鹰、小松鼠、野兔子、野鸡什么的，都来过我家。花园草坪也常被"地下工作者"鼹鼠挖掘出一个个土堆，今天埋上明天就给你掘个更大的，故意作对，真是无可奈何。

最能咋呼的当属周围的野鸡，德文名Fasan。雄野鸡

牛逼哄哄的雄野鸡

羽毛色彩斑斓，拖着长长的尾羽，雌野鸡为褐色，娇小，尾短。雄野鸡比家养的鸡漂亮但嗓音相差甚远。家鸡虽是由野鸡进化而来，但经历了漫长的人类文明的熏陶，已脱胎换骨，修炼掌握了"美声唱法"，啼鸣由低向高渐入高潮，然后来个圆滑的拖腔，完美结束，让人有足够的心理准备。雄野鸡的叫声则像摇滚乐，整个一个"破锣嗓"，而且连一点铺垫都没有，一开始就突然爆发出急促而带劈岔音的高腔"嘎咋、嘎咋"，然后就像电锯锯到硬石头一样戛然而止，折磨死人了。每年开春，最近的那对野鸡每天早上都到我家隔壁那块空草地上觅食，起劲地扯着破锣嗓子喊叫，真是不堪其扰。

雄野鸡求爱时展翅跳跃，嘶声大叫。

一个早晨，我又被野鸡的叫声吵醒，愤愤地起床向窗外望去，只见草地上一对野鸡正在卿卿我我，突然，雄野鸡昂首挺胸两腿跃起，张开翅膀

窗外草地上1号野鸡夫妇正在卿卿我我。

急速扇动，像孔雀开屏那样，同时"嘎咋、嘎咋"大叫两声。我恍然大悟，原来它的叫声是在展示魅力表白爱情，乞求"交合"。我急忙取出相机装上长焦，"狗仔队"似的躲在窗后偷拍。后来演变成每天早上被野鸡吵醒就睡眼惺忪地去拿相机。几天下来不但拍成了野鸡生活系列"写真集"，还观察了解到了野鸡的生活习性：野鸡恪守"二人世界"，遵从一妻一夫制。雌野鸡朴实土气（羽毛呈土褐色，不华丽），温顺低调（从不叫），而且很胆小羞涩，总是躲躲藏藏的，以至于很难用镜头捕捉到雌野鸡的身姿。雄野鸡则像个骑士，寸步不离地陪伴相随于雌野鸡左右，而且趾高气扬的，特爱"抢镜头"。我还发现，每对野鸡都有自家的地盘，从不去别家"偷情"。雄野鸡的叫喊跳跃，除了求爱还有虚张声势宣告领土主权之意。

自打为这对野鸡拍了系列写真集后，我就对野鸡产生了浓厚的兴趣。在从家门口到森林散步所经过的一路上，我特地数过，这一带共有五对野鸡夫妇，住在我家隔壁草地上的是1号，只是

1号野鸡夫妇在我们小街上闲逛。

它们并不认同树围篱，时常钻过界来我家院里溜达。五对野鸡夫妇各自在自己的领地范围内觅食散步，互相不走动。每只雄野鸡总是虎视眈眈地监视着外界，随时保卫着自己的老婆。有一次，我看见2号单身雄野鸡鬼鬼祟祟地靠近了3号野鸡夫妇的地界。它刚刚越界，3号雄野鸡就气势汹汹地飞奔过来，歇斯底里地狂啄扑打2号雄野鸡。不知是真打不过还是做贼心虚，2号雄野鸡落荒而逃，逃回到自己的地盘，失魂落魄地张望3号雄野鸡的老婆。那副贼心不死又心有余而力不足的讪讪模样，让站在一边看热闹的我又怜悯又好笑。

德国郊外乡村到处可见野鸡的身影，四处可闻它们占地为王的得意叫声。比起中国的同类们，它们悠闲自在得有点无法无天。

爬行动物馆的儿童活动日：与小蜥蜴亲密接触

德国人有着强烈的动物保护意识，他们将动物看成是人类的朋友，同为上帝创造的大自然生灵。即使是车水马龙的城市的湖边、树丛、草地上，也到处生活着悠闲的野鸭、优雅的天鹅和四处乱窜的野兔子，甚至在人行街道上还能见到野鸭们拽拽地逛街。它们不惧怕人类，反倒凑上来讨食。

如果你仔细观察就不难发现，德国的乡村野外到处

野天鹅妈妈和它的孩子们大摇大摆地从我面前走过。

竖立着画有飞鹰或奔跑的鹿的标志牌。这种标志牌提示着，这里生活有野生动物，是生态保护区。在山区野外的高速公路上方，常会出现铺满绿色植被的跨桥，这美丽的跨桥可不是为游人准备的，而是供两边的野生动物跨越高速公路的绿色通道。

德国有专门的野生动物保护法，随意猎捕动物及钓鱼将被罚款。对于持有打猎证的打猎协会会员，也有对猎射活动的时间地点及种类和数量的严格限制。

德国几乎每个城市都建有颇具规模的动物园，还有特别种类的动物园。距我家不远的莱茵伯格小城有座欧洲最大的爬行动物馆，五年前我采访过那里，在和负责人即动物专家凌格汉先生一起捧着香气四溢的咖啡，随意地聊着他的工作性质时，我渐渐地感觉到，他为我展示了一个我所不熟悉的领域。

他说，这里展出有全球范围内的八十多种爬行动物。除了为游客提供参观服务，爬行动物馆更重要的作用是与教育研究机构合作，为中小学提供生物课堂，为大学生提供考察研究野生爬行动物的基地，还协助政府部门处理与保护野生爬行动物相关的各类工作。爬行动物馆每个月都为游客举办多种主题活动，比如：鳄鱼历险游、毒蛇历险夜游、野生爬行动物知识讲座等等。还有专门为儿童准备的主题活动日，更特别的是为少年儿童主办别致的生日派对，比如，"澳大利亚乡村派对"、"非洲大陆派对"、"美洲西部派对"等等。从观看电影到亲自历险，这样别开生面的生日派对肯定会为孩子们留下极难忘

幼儿园的小朋友们好奇地参观爬行动物馆。

瞧，小蜥蜴在我身上爬呢！

的快乐回忆。

那天我遇到了一群幼儿园小朋友来参观。孩子们兴致勃勃地观看着各种外表慑人的沙漠爬行动物，不时欢呼雀跃，没有丝毫胆怯。参观完毕，孩子们来到活动室里观看野生动物的影片，听工作人员用图片及模具绘声绘色地讲解动物们的生活方式。然后工作人员拿出无毒蛇和小蜥蜴让孩子们抚摸，告诉孩子们，它们和他们一样很可爱。

观看小蜥蜴。

爬行动物馆的工作人员正在为小朋友们讲解爬行动物。

让我摸摸，呀，蛇的皮肤好滑好凉！

　　看到小孩子们争先恐后好奇地抚摸盘成一团蠕动的蛇，并兴奋地将小蜥蜴放在自己身上让它爬来爬去，我浑身直起鸡皮疙瘩。幼儿园老师对我说，孩子们特别喜欢来这里，对能亲手触摸这些野生爬行动物，感觉很酷很骄傲。

　　那次采访改变了我的动物观，也让我豁然明白了为什么当我对着出现在家里的蜘蛛、黑壳虫惊叫，让老公赶快捉走丢进马桶时，老公总是笑眯眯地轻轻捧起它们，将它们护送到花园里去。还有一次，我看到一只肥大的蜗牛在门前的石头路上蠕动着艰难爬行，5岁的邻家孩子思戴凡伸出白白嫩嫩的小手，爱怜地把蜗牛轻轻捧起来，送到草地上。

　　德国人教育孩子的方式有很多独特之处，他们带领孩子让他们从小亲近大自然，了解动物爱惜动物，尊重它们的生命。他们根深蒂固的爱护生命保护自然的思维理念，是孩子们最好的榜样。

来家里做客的松鼠宝宝

小镇森林里生活着小鹿、小狐狸、野鸡、野兔、松鼠、刺猬及大大小小的禽鸟类。散步时我常能望见一家子小鹿群从森林里跑出来，在田里转悠吃草，那是一群真正的野生鹿，而不是围起来的放养野鹿。野鹿很敏感，人若稍有所靠近，它们就会飞快地跑进森林里去。有几次我试图走近一些

林中飞奔而出的小鹿

拍照，却都把它们惊跑了，因此从未拍下过清晰的野鹿照片。有一次远远看见有只小鹿在林边草地上吃草，我正想悄悄地从路上拐下草地，路过的两个德国人马上告诫我不要惊动它们。

我们的一位朋友在森林里散步时，意外遇到了一只受伤的小鹿，他把小鹿抱回家治疗抚养。小鹿和他家的鸡鸭鹅们和谐相处共同成长，一年以后小鹿长大了，他把栅栏门打开，任小鹿自由出入。但小鹿留恋鸡窝旁的"温柔乡"，居然不肯出去。又过了很长时间，小鹿才试探着白天出去游荡，晚上回来睡觉。

吃饱了面包屑的小松鼠在我家院里尽情撒欢。

再后来，回来的次数越来越少，直至有一天彻底消失。大概小鹿终于发现，外面的世界很精彩。

我也有过这样短暂的有趣经历。一个周日清晨，我打开家门时突然惊喜地发现，花盆下有一只火红的小松鼠，它不跑不躲，只是瞪着眼睛盯着我看。我赶紧拿来了面包屑放在手心里，慢慢蹲下来向它伸出手，小松鼠踌躇了一下终于挡不住美食的诱惑，跑到我面前试探着吃起来。只一会儿的工夫它就彻底打消了疑虑，放心大胆地爬到我手心上，用两只可爱的小前爪捧着面包屑，埋头大嚼起来。吃完面包屑它还不想走，拿我手心当沙发舒服地坐着，抬起两只小前爪抹来抹去清理着满脸的面包渣。

我先生走出来送面包屑，他穿着红色运动衣，可能被小松鼠当妈妈了，它跳下我的手掌，转头跟着他追进了客厅。它在客厅里奔来跑去，噌噌钻进了沙发下面，待它从另一头再钻出来时，脑门上、小鼻尖上、毛茸茸的大尾巴上沾满了灰尘，活脱脱像个烟囱清理工，把我和老公逗得哈哈大笑。玩耍够了，它跑出去在花园里的一块石头上坐了下来，两只小手杵着下巴，大脑袋一点一点地打起盹来，居然还响起了小呼噜，全然不介意我在旁边看着。这只不知从哪里跑来的小松鼠调皮活泼，憨态可掬，比我见过的动画片里的松鼠形象都更有趣。老沃说，这是一只不谙世事、毫无生活阅历的幼年松鼠，一定是从窝里跑丢的。

这只"大眼睛"蝴蝶在我家花园流连，让我有机会留下它的奇异容颜。

我对小动物有了新的感觉。它们同样是聪明的生灵，同样有了不起的遗传基因，同样热爱生活。人类应该与动物和睦相处，杜绝为贪婪而滥杀动物、破坏生态平衡。

为兴趣爱好奉献终生

德国人的兴趣小组——
社团协会
兴趣在协会发扬光大
救火也是兴趣爱好？

春天我们一起赶着马车郊游。

德国人的兴趣小组——社团协会

 社团协会无处不在

  生活久了我才知道，原来德国人大都是在业余协会里施展兴趣爱好，社团协会在德国人的生活中无处不在。据说，德国人几乎平均一生要加入两到三个协会，而整个德国正式注册登记的业余协会约有五十多万个。可以这么说，德国人普遍具有深厚的社团情结，愿意为协会效力，成员们几十年在一起，发展共同的爱好，分享共同的志趣，彼此成为志同道合的好朋友，甚至终生的好伙伴。

在德国《华商报》做记者和编辑多年,我除了采写和报道社会新闻、开设专栏外,也应约为国内多家报刊撰写介绍德国教育、旅游、生活等多方面的文稿,但是关于德国的社团协会却从未涉及过,对于我来说这是个陌生的领域。我家沃夫冈说德国的协会对于德国人的生活至关重要,在德国成立协会很普遍很容易。比如三个人一起喝啤酒聊天,越聊越投机,越聊越发现他们的理想竟那么合拍那么一致,也许一顿啤酒喝完,筹建一个协会的想法就诞生了。

在查阅资料及采访聊天的过程中我了解到,德国人的社团协会有着悠久的历史,是德国社会重要的民间力量。在纳粹极权统治时期,民间协会曾受到压制甚至被取缔,二战以后德国协会又开始普及和蓬勃发展。如今协会不仅受宪法保护,还得到各级政府的项目资金扶持或企业的赞助。

车库里打出来的乒乓球协会

别看莎蒲森只有2500人,民间社团协会却有好几十个。我家老沃是镇乒乓球协会成员,他把我也拉了进去。对我来说,也就是有了个活动锻炼的场所,有兴趣就去打打球,没空就不去,不像他们那么遵守时间,认真训练,把协会当成家。

上世纪60年代初期,乒乓球对于德国人来说还是个相对陌生的体育项目,远不及足球那样为人熟知。莎蒲森的几个年轻人不知怎的就对乒乓球产生了兴趣,他们找来木板锯锯钉钉,刷上油漆,在自家车库里支上了一个简易球台,轮番上阵挥拍,轮下来的就在旁边喝啤酒助阵。就这么玩着喝着,组建乒乓球协会的想法就萌生了。1964年6月6日,在小镇一家饭店里,12名男青年召开了乒乓球协会成立大会,他们选举出协会理事会,确定协会章程、宗旨、会费

莎蒲森镇红蓝乒乓球协会

等等条例。莎蒲森红蓝乒乓球协会正式在法院登记注册。五十多年过去了，协会现有 172 名成员，训练场地在小镇正规体育馆，当年的 12 位帅哥有 8 人仍在协会，其中的三位仍然担任着理事会职务，只是他们都已满头白发。

四十多年前沃夫冈就加入了乒乓球协会，后来又担任协会少年队领队和教练。每周两晚训练时间，他下班到家后背上训练包就奔体育馆，先带孩子们训练两个小时，待孩子们结束训练离开后自己再和队友训练两个小时，每次训练结束回到家已近夜里 11 点。赛季时周末还要参加各种地区或州级比赛，还要带孩子们出去打比赛。他就这样在业余协会里全心全意地付出，风雨无阻、雷打不动，甚至生病也不肯休息，不是几天几个月，而是几十年。

我有时难免会无法忍受每周经常独处，有时会因他无暇处理家事而带来的某些麻烦和损失大为恼火。可当我发现，抱怨生气根本不管用时，神经就开始被触动，德国人的协会精神到底是什么？能使他们几十年、几百年坚持下去，不离不弃？

🏓 奉献精神

我们乒乓球协会除了训练、打比赛，还经常组织成员集体旅游，最远的去过两次中国，一次美国。年年固定举办大型聚会及娱乐活动，比如每年一次的圣诞派对、自行车郊游、夏日烧烤等等。这些近百人参加的活动于每年初就确定日期，细致具体的筹划准备工作则是由协会专门的活动筹划小组来完成的。

我曾连续四届（8年）担任活动筹划小组成员，熟悉这些准备工作，是真正的"全心全意为人民服务"。每次大型活动之前，我们五位筹划小组的成员都要抽时间聚在一起开会，落实每一项具体细节。比如夏日烧烤，要预先确定烤肉烤肠的种类数量、啤酒饮料的种类数量、配料佐料、面包水果的种类数量等等。

集体活动

收集德国好时光——小镇生活风物记

准备会议并不是在一起说说完事,而是每一项内容都要做文字记录。活动筹划小组有几本大夹子装着每年的会议记录,可以随时参阅,作为依据来确定本次的采购量。随后每个人按照分工,分头去采买。活动之前我们还要布置和装饰会场,这些体力活光靠我们五位的力量不够,我们的家属也要上阵帮忙。尤其我家老沃,是主要劳动力。活动结束后的第二天,我们还要来拆卸装饰,打扫整理场地。每年骑自行车郊游时,我们得事先拿着打印出来的预定线路图,花时间试骑一遍,以确保线路准确安全。

所有这些工作全靠我们无私奉献业余时间和精力,没有报酬没有奖励,只

夏天我们一起去划船。

乒乓协会骑车郊游。

有每次活动中，成员们欢聚一堂满意开心的笑脸。坚持了8年，因周末常常有自己的安排，我实在没精力继续当这个活动筹划小组的成员了，就在每两年一次的选举时，申明不再参选而退出。但是，我家老沃却没"退出"，依然每次都被叫去帮忙。而我们小组长已经担当此任有二十多年，其他组员也都做了十年以上，他们始终认真得像对待本职工作一样。在他们看来，作为协会成员，做这些事情都是自己应尽的责任，没觉得是负担，也没觉得是特别贡献。

其实我心里明白，我从骨子里就不具备这种源自于基督教精神的完全彻底的奉献情结。没有信仰的支撑，奉献很难一辈子坚持下去。

经常"吵架"的理事会议

按协会章程规定，协会理事会每两个月需开一次理事会议。业余协会没有办公室，会议按制订好的全年计划表，轮流在理事会成员家中举行。每次"庄主"需自掏腰包，为大家准备面包夹肠之类的简单的德式晚餐。我家沃夫冈是少年队领队，也要参加理事会议，所以理事会议在我家开时，我有机会再次领略他们做事的认真执着。

轮到我家开会的前一天，我们要采购足够的食品饮料，开会当晚我们备好香肠、奶酪小面包和水果，备好啤酒饮料候着。晚7点，十来位与会者抱着大夹子准时到达，边吃边开会。首先是记录员念上次讨论过的议题，各位汇报其执行结果，提出遇到的问题，商量解决的办法。第二大主题是商议协会下一步要做的事。每次会议讨论的内容和发言，记录员都认真做记录，事后整理好再通过邮件发给全体成员。每位理事会成员都要自己打印出来存档，所以他们都备有厚厚的协会事务文件夹，当然买纸和夹子的钱也是由自己来出。

在讨论过程中，他们会因看法不同而发生争执。沃夫冈对待我们的中国朋友非常热情友善，被公认是"德国雷锋"、"白求恩"，但他在协会理事会上却很较真很直率。每次看见他和别人激烈地针锋相对，我都很担心他会得罪人，有时就借着端茶倒水之时暗暗扯他衣角，可从来都无济于事。人家也不客气，在我家吃着喝着，照争不误。后来我渐渐明白，他们不会因异议而耿耿于怀。协会最重要的是民主气氛，每位成员尽可坦诚陈述观点，出现看法上的分歧很正常，通过讨论沟通就可解决。协会理事会并非领导者，更非权力层，而是协会成员意愿的贯彻实施者。协会代表着绝大多数成员的利益，传递民主的声音，这是德国社团的精神原则。

德国结社自由，注册成立协会很容易，但需要奉献精神，不计较个人得失，才能发展传承。在小镇乒乓球协会里与德国人共事，在老沃同志几十年不变的奉献情怀的启迪下，我逐渐了解，德国的民间协会能够几世纪传承不息，发扬光大，公平、公正、公开，人人参与，人人奉献，是其中最根本的法则。协会精神，也是构建德国民主社会的坚实基础。

小镇射击节上,在临时搭建的"王朝圣殿"上国王登基临位。

兴趣在协会发扬光大

世界杯冠军的民众基础和团队精神

德国的体育训练体制与中国有很大不同。德国没有专职的国家级或省级运动队,不重点培养少数国家级别的体育精英,也没有专业奥林匹克运动员。每临奥运会前夕,都是通过比赛成绩选拔出优秀选手,经过短期集中培训后就代表国家参加奥运会。赛事结束后,即使是金牌得主,也不会成为国家职业运动员,而是仍然回到生活中去,继续从事自己的本职工作。

然而,只有8000万人口的德国却是名副其实的世界体育强国,他们全民性普遍超强的运动素质，是从小在民间协会里培养起来的。在德国，各种体育类协会拥有总共将近3000万成员，任何人都可以根据自己的喜好加入协会，锻炼身体，培养技能。这是一个全民爱好体育运动、全民有机会从事体育运动的国度。德国对于全民体育的重视和投入当列世界前茅，我们这么小的村镇，却拥有可以举办国际比赛的正规足球场、网球场和其他球类体育馆以及驯马场。这些完善的体育设施都是提供给镇体育协会使用的。

足球是德国非常普及的运动，估计德国男人从小到大都踢过。与我家后花园相对的邻居家刚搬来时，家里只有一个小女孩，平日非常安静。不久他们家的男孩出生了，小家伙刚会走，就开始在草坪上摇摇晃晃踢足球。那时我们两家花园之间的树丛围墙还没长密实，也没有多高，一个足球经常飞跃或穿越过来，然后篱笆后就会传来一个奶声奶气的声音："对不起，我可以拿回我的球吗？"我就去捡球给他扔回去。有时候外出回来，见到草地上躺着一个球，就明白因我家没人，小男孩没办法，只好等着。后来我告诉他，球踢过界了他完全可以直接钻过树丛自己来取，不用等我。如今树篱笆长高长密了，已上小学的邻家男孩却早就不屑在院里踢球了，而是加入了镇足球协会，每周接受正规训练。眼看着他像小铁蛋一样，越长越结实，球技越来越成熟。

2014年世界杯足球赛，相信看过此届足球赛事的球迷们，一定会对被称为"德国战车"的德国足球队所向无敌的完美表现记忆犹新。那个夏季，德国城镇乡村，广场、餐馆、酒吧，到处是为德国足球队欢呼的人群，到处飘扬着德国国旗，连路上跑的车都插着小国旗。我们小街很多人家也挂着国旗，本来就爱喝啤酒的邻居们，更是每晚聚在一起豪放畅饮，放声大笑。我真的从来没见过小街这么多的黑黄红三色国旗迎风招展的景象。

2014年7月，近50万民众在柏林勃兰登堡大门广场举行盛大欢迎会，迎接

2012年欧洲杯足球赛在德国举行,隔壁马丁家国旗招展。

德国足球队凯旋归来,那热烈的盛况将德国这个"夏季童话"燃至最高潮。面对着国旗的海洋、万众的欢呼,球队主教练勒夫对万众球迷大喊:"没有你们我们不会在这里,你们所有的人都是世界冠军!"当最后由40名德国足球队各专业人士、服务人员组成的后勤团队出场时,所有足球队英雄队员们分跪两旁,真诚地向他们欢呼致敬,他们深知,正是德国民众坚实的体育基础,众多公司的财力支持,从教练到每一个队员再到所有后勤人员分工合作共同努力所形成的强大的团队精神,才使德国足球队在2014足球世界杯各个赛场未失一场地一步步冲向辉煌的顶峰,捧回了大力神杯。

德国社会重视丰富少年儿童的课余生活,各个协会都将吸收青少年们参加社团活动作为重要工作。在协会里,孩子们除了培养爱好,还可以学到社会基

德国队赢了，紧张的赛事空隙，邻居们赶紧凑在一起开心地喝几瓶啤酒。

本能力，交到一辈子的朋友。在这个可以学习民主的地方，他们从小就对大人们的投票选举和义务奉献耳濡目染，并理解团队的互相尊重与合作精神。而这些，与成员的出身、语言、宗教、职业、身份等都无关，人人平等。

男声合唱协会和家乡花园建设协会

除了体育协会，德国还有花样繁多的其他各种协会，比如小镇有男声合唱协会、家乡花园建设协会、妇女协会等等。小镇的男声合唱协会已有150年历史，是小镇历史最悠久的传统协会之一。他们有古老的会旗和制服，每周一晚集中在一家餐馆练唱歌，并为小镇

2015年圣诞节，镇男声合唱协会应邀在大教堂演唱。

及周边地方各种节庆活动义务演唱，一唱就是上百年。我看过他们身着制服、按高低音区列队的演出，那浑厚纯正的和声混声技能、堪比专业演唱的水准和激情，让人热血沸腾。难怪欧洲能产生西方歌剧。

我婆婆是家乡花园建设协会成员，87岁了仍然每周去参加协会活动。他们植物学知识丰富，园艺技巧娴熟。协会除了成员之间每年评比最美家庭花园之外，还积极参与小镇美化建设，在路边街角安放木座椅，建立路人歇息角，种植花卉树木。小镇连年被评为全州及全国的美丽村镇，就是家乡花园建设协会的特别贡献。

射击协会一年一度的"国王"登基大典

在德国城镇乡村，历史最悠久、最普遍存在的协会，估计当属"射击协会（Schützverein）"，这个协会可谓德国特殊历史的产物。被历史学家定义为"德意志第一帝国"时期的德国（962－1806年）虽然起初曾强大到称霸大半个欧洲，但后来却演变成为地方诸侯各自为政，占山为王，割据势力十分强大，帝国皇帝的疆土和权力几乎就未真正统一过。

小兵入列等待检阅。

隆重的新"国王"登基大典仪式开始。

2015年新当选的"国王"（中）和两位"部长大臣"略带羞涩地检阅三军。

当时各自为政的贵族阶层为扩充势力，内讧纷争不断，战乱频起。平民百姓为在危急时刻抵抗外敌，保卫家园，纷纷自发组织起来，进行军事演习和射击训练，村村寨寨的防御组织因此应运而生，世代相传。这些民间自卫队就是如今遍布全德国的射击协会的雏形。

莎蒲森小镇当然也有射击协会。其实，现在这个协会的存在，更大的意义是继承和传承德国人的民间传统文化。协会每年举行一次射击比赛，由成绩优胜者出任本年度的"国王"，再由"国王"任命两名"部长大臣"。"新王朝"确立后，协会全体成员就开始做各种筹备工作，如期举行本年度的小镇射击节。这个为时四天的射击节是全镇最重要的文化大事，每一项庆典仪式都一丝不苟地按照历史传统进行，年复一年，从没间断过。

王朝马车接新"国王"、"王后"及"大臣"夫妇登基上任。

从头到脚古典装束的新"国王"和"大臣"登基大典以及展示国威的鼓号齐鸣的大游行,是射击节系列活动中最引人注目的。这是一个威风凛凛的雄性世界,满头白发的老将士、坚毅挺拔的中年汉子、英气勃发的帅小伙,老中青三代男人向世人展示着他们阳刚的力量,彰显着保家卫乡的英雄气概。游行队伍所到之处,观众即刻发出兴奋的欢呼声,如同迎接打完胜仗的亲人。自中世纪传承而来的优秀传统,欢呼声和掌声带着骄傲感此起彼伏,鼓舞着男人们的士气。在镇中心搭建的巨大帐篷里会连续四晚都举行大型派对,全镇人都会参加,平素安静的小镇会变得异常热闹欢快,届时不仅是本镇人,相邻村镇的射击协会、鼓号队也都全副武装、整齐列队前来助兴。

2015年新"国王"和"臣民们"的全家福

为兴趣爱好奉献终生

　　这些传统仪式与其中蕴含的精神，几百年来一代代一辈辈传承下来，并演变为德国各地的重大节日，年年庆祝。即使生活在现代商品社会，人们的内心依然崇尚着骑士精神。

　　德国人就是以这样的民间方式，继承维护着本民族的传统文化和地方风俗。健康民主的协会形式，不仅让每个人得以施展和培养兴趣爱好，也促进了人与人之间的亲密关系和友好交往，给社会带来和谐与安详。

莎蒲森消防队部分队员，前排左二为女队员。

救火也是兴趣爱好？

德国有一种社团，既与业余爱好无关，也与职业无关，但却普遍存在于全国所有地方，且肩负着国家的重要使命，它就是志愿消防队（Freiwillige Feuerwehr）。

在小镇城市节上，常有镇各个协会设摊助兴，也会有全副武装的消防队员向人们展示消防车内的装置及救火设备。在镇大型节庆活动中必有救护车和消防车待命护驾。我以为他们是被邀请来的城市消防队，可我家老沃说，他们是镇志愿消防队成员，都是街坊，都有自己的工作。我不太明白，问道："那消防车是真的吗？哪里来的？""当然是真的，是政府出资买的。"我很茫然，继续问："政府买消防车给他们当业余爱好？""不是业余爱好，是真救火用。"我更

加一头雾水："他们不是业余的吗？怎么真去救火？"

后来我终于懂了，德国有一套值得借鉴的独特的消防建制，既为社会提供了快速、方便、安全的救火救灾保障，又无须国家负荷过重的财政人力。

德国的独特消防建制

和很多国家一样，德国消防队也分官方和非官方两大类，非官方消防队是指企业消防队。企业消防队虽非官方，但必须经由官方认证、检查。与很多国家不同的是，在德国的官方消防队中，除了属于政府公务员的直接从事灭火和特殊技术救援的职业消防队员外，还有一种不属于政府公务员的志愿消防队。

莎蒲森消防队的四辆救火车，2016年将更新部分车辆。

志愿消防队员均有自己的职业，他们完全自愿无偿地兼顾着当地的消防救援工作。在德国，志愿消防队的人数远远超过官方职业消防队员，据说德国8000万人口中就有约104万志愿消防队员，消防队员无处不在。

官方职业消防队主要分布在拥有十万以上人口的城市中心地带，郊区及乡镇则以志愿消防队为主体，按照"市区5分钟、村镇8分钟到达火场"的原则布建消防站。不论是职业还是志愿消防队，消防预算和消防器材装备都有统一标准，由各级政府财政专门拨款购置。

作为志愿消防队员，他们平时在各自的工作岗位上或外出时，都要随身携带特别报警器，以便能够及时接收灾情提示，并在得到要求参加救火的通知后，能够迅速赶到火灾现场。任何公司企业必须允许作为志愿消防队员的职员在有灾情发生时，离开工作岗位前去救援。同时也须准许他们离岗参加消防救灾技

莎蒲森消防队和其他消防队合作扑灭了附近的生物沼气能源厂火灾。

能培训。志愿消防队员在救援和培训期间的工资由政府补贴。

德国最早的民间志愿消防队出现在 300 年前。面对经常突如其来的火灾造成的生命和财产损失,人们意识到必须组织起来武装起来,以集体的力量对抗灾难。有组织有准备的民间救火行动从此诞生。这种特别的志愿消防队形式一经建立便迅速普及传承,为保护民众的生命安全作出了巨大贡献。他们自愿为社会服务的奉献精神,深受当地政府和民众的爱戴。在德国历届"最受尊敬和信赖的职业"调查问卷中,消防队员总是排名第一。顺便说一句,排名最后的总是政治家和银行家。

莎蒲森志愿消防队

和周边其他小镇一样,莎蒲森也有自己的志愿消防队,成立于 1905 年,隶属本地政府。本市市长是志愿消防队最高上司。我在采访镇志愿消防队时得知,本镇消防队现有正式队员 38 名,年龄超过 62 岁不再参加救火救灾的荣誉队员有 16 名,还有 19 名 10 岁到 18 岁的青少年队员,拥有四辆消防救火救护车,配备有能在浓烟烈火中安全抵御 30 分钟的全套专业消防服装备。镇志愿消防队除了队长霍戈·拉莫斯(Holger Lamers)是拜尔化工公司消防队的职业消防员,以

清除被飓风刮断的大树。

及另一位官方职业消防员外，其他队员都是业余志愿者。志愿消防队成员、也是我们乒乓球协会成员的弗兰兹（Franz Icks）向我介绍，成为志愿消防队员的基础门槛，是要用业余时间参加两年职业培训，完成4个基础级别的救火救灾技能学习，学费由政府出。如再进一步完成16个级别的培训，将成为国家高级消防救灾技师。莎蒲森志愿消防队每两周集中进行一晚理论学习或训练，以不断巩固提高各种技能。

德国志愿消防队除了担负救火的职责外，还承担抢险救援自然灾害、处理交通事故等事务。112就是他们的号令，接到112紧急求助电话，调度中心会发

救助交通事故现场。

令给距事故地点最近的消防队,以便他们能最快抵达现场。在重大灾难发生时,志愿消防员须放下本职工作,与国家职业消防员一起抗险救灾。前几年德国东部地区发生特大水灾时,包括莎蒲森志愿消防队在内的大批各地志愿消防队,奔赴灾区抢险。有国家救灾"正规军",加之遍布全国各个角落的大批具备专业水准的志愿消防队,德国抗灾救险的能力非常强大。

弗兰兹说,他15岁加入镇志愿消防队,四十多年所经历过的紧急行动中,有70%是参加交通事故或自然灾害救险,30%是参加救火。同时作为青少年消防队领队,他为培养青少年消防队员义务付出了几千小时的个人业余时间。

在110年的漫长岁月中,莎蒲森消防队的代代志愿者,以高度的社会责任感、无私的奉献精神和专业的防火知识、救援本领,成为小镇及周边居民的守护神。

(鸣谢莎蒲森镇志愿消防队 Freiwillge Feuerwehr Schaephuysen 提供照片)

一颗永远热爱过节的心

- 不朽的圣诞情结
- 邻居一起迎元旦
- 传承行善美德的"圣马丁节"
- 打造浪漫的银婚花园
- 生命不息,庆生不止

德国西部历史古城亚琛市的圣诞市场

不朽的圣诞情结

源于上帝之子耶稣出生日的圣诞节，是欧美基督教国家最隆重最热闹也最充满亲情的节日。而德国人的圣诞节是其中最丰富多彩又历时最长的，而且庆祝方式富有民俗传统特色。

🎄 圣诞节从逛圣诞市场开始

常见有人将德国人定义为"认真刻板的工作狂"，其实大多数的德国人很会制造各种乐子来丰富生活色彩。冬季的德国日短夜长，气候阴冷，容易让人抑郁。对此，德国人想出了化解的招数，发明创造出热闹的圣诞市场，渐进高潮地迎接圣诞佳节。现在，最早源自德国的圣诞市场已风靡世界，甚至有些国家连"圣诞市场"的德语名 Christkindles markt 都原封不动地搬用。

伍伯塔尔市郊外宫殿的传统圣诞市场

早在中世纪时期，日耳曼人就开始在冬季开办集市，主要功能是为了交易和储备过冬的食物和用品。农业从事者及手工业主们都会将自己的农产品和手工制品拿到集市上出售，面包土豆、黄油奶酪、火腿熏肠、木制铲勺、柳编筐篓、土陶盆罐、居家饰品……应有尽有。到了圣诞节，家家备足了物资，购好了礼物，全家人悠闲地待在家里烤着壁炉，喝酒吃肉，过节过冬。每年从11月最后一周开始，几乎所有城市乡镇的市政厅广场都化身为圣诞集市。一栋栋装饰别致的小木屋里摆着各种精致货摊，巨大的圣诞树晶莹闪烁，传统手摇风琴的悦

圣诞市场杂货摊

圣诞市场热红酒摊

耳乐声在嘈杂的人声中时隐时现。德国特色小吃烤香肠、烤土豆、煎蘑菇、炒栗子，还有专属圣诞节的热红酒……弥漫在空气中的诱人香味，陪伴着熙熙攘攘的快乐人群，一直持续到12月24日中午。

很多深谙圣诞文化的德国人，更喜欢去逛偏远乡村古镇及古堡宫殿里传承下来的传统集市，拾趣中世纪民俗遗风，欣赏朴实的家传手工，品尝当地特色小吃。这类传统圣诞市场一般只举行几个周末，尤为珍贵。现在，德国一些著名的圣诞市场已被旅行社开辟成特色旅游景点，大巴车带着周边国家慕名而来的人们去寻梦。据说，每年逛圣诞市场的德国人和外国人约有两亿人次之多。

圣诞节并不仅仅是庆祝圣诞当天。德国人的圣诞气氛从圣诞节四周前的降临节就开始了，在降临节的第一个周日，人们开始点燃摆放在桌上的、用松柏枝装饰的四个大蜡烛中的第一支，第二个周日再点燃第二支，最后直到四支大蜡烛全部点燃，期待中的圣诞节就降临了。有孩子的家庭还会挂上专门的圣诞日历，每

圣诞市场上古老的棍子裹面团烤面包最让孩子们开心。

个日期都是一个后面藏有礼物的小窗口。每天清晨，孩子们都会迫不及待地打开这天的小窗口，里面会露出一个小小的惊喜。德国人一代代流淌在血液里的圣诞情结，体现着他们对传统民俗的崇尚和厚爱。

德国有一个很普通的教堂，因名叫"天使教堂"成为了孩子们心中的天堂联络处。他们将写给圣诞老人的信寄到那里，而替圣诞老人回信则成了那个教堂的神职人员们在圣诞期间最忙碌的工作。12月6日是圣诞老人日，前一晚孩子们会将自己的小靴子洗干净，放在门外，他们相信，圣诞老人夜里会从烟道降下，将礼物放进靴子。父母们当然是不会让孩子们失望的。圣诞老人日那天，孩子们在街上会惊奇地巧遇背着装满礼物的大口袋的圣诞老人，获得一份意外的惊喜。一般来说，大学生们都很乐意应聘这份美好的日工。

还有一份最令人感动的温暖叫"心愿树"。好多社团或教会通过实访，将那些家境不太好的孩子们的愿望制成一颗颗红心，挂在心愿树上。谁都可以去摘下一颗心，按照上面的愿望采购礼物并精心包装好，送到指定的收集地点。为保护隐私，孩子们都是匿名，但寄出礼物的人会知道，有一个孩子将享受到来自他的爱心柔情，这份关爱对双方而言都是一种正能量。2014年圣诞节，我的朋友文洁就送出了这样一份仁爱之心，她说："想到有个孩子在热烈地期盼着我的礼物，我会耐心选购，精心包装，比对自己的孩子还用心。被人需要的温情会让我感觉很幸福。"

圣诞节本与公司企业没什么关系，但年底了，公司企业也趁机聚餐聚会送小礼物，犒劳忙碌了一年的员工同事们。很多公司还有额外的"圣诞节工资"，为员工尽情采购年货礼物助把力。各地方协会俱乐部也会组办成员派对，同欢共乐。总之，圣诞节期间是德国人最喜庆最忙乎的日子，每个周末都会排满各种聚会活动。德国有句谚语：结尾好，一切都好！时至年末，德国人将清冷暗淡的冬季变成了温情洋溢的圣诞季。

🌲 到圣诞树森林去野餐

圣诞树是圣诞节最重要的元素。众所不知，圣诞树也是日耳曼人的古老发明。很早的时候，萧瑟寒冬来临时，日耳曼人喜欢在家里装点上松柏枝，象征着生命常青。日耳曼民族的这个传统习俗后来被融入进基督教的圣诞节，演变成具有宗教意味的圣诞树。但在很多乡村，人们依然保留着在家里院里到处摆上松柏枝的习俗，比如我们小镇人就喜欢这样，我们家也是。

圣诞树是专门培育种植的，圣诞节前可在各处的建材商店购买。有些乡村一直流行着传统的自选圣诞树森林，我们小镇就有圣诞树林。人们来到镇外规划好的圣诞树林里，自己相看挑选，自己动手将看中的圣诞树锯下来，或者连根挖出来，抬到打包机旁，等卖家量好树高，用网线打包机捆包好，就可以交钱把树扛到车上。然而，圣诞森林里的快乐还在延续。森林里燃烧着巨大的篝火堆，旁边设有卖烤肠、卖热酒及卖农庄自制果干果酱的小木屋，选好圣诞树的人们会围着篝火吃喝聊天，很多家庭会带着食物顺便来野餐，尽情享受森林野趣。尤其小孩子们兴奋无比，他们在树林里追逐，在木头堆上攀爬，快活得像撒欢的小鹿。

我先生说，小时候每年他爸爸都会推着小车带着他去森林里买圣诞树，去的时候推着他，回来时就变成推着树。他们在森林里转来转去找来找

圣诞树市场果酒摊

圣诞树市场

在森林里选好心仪的圣诞树后围着篝火吃喝，是小镇人世世代代快乐的圣诞生活场景。

去，然后再喝点什么吃点什么，非常开心。这种小镇人世代温馨的冬季生活场景，也是圣诞节的重要回忆之一吧。

🌲 美丽平安夜

12月24日，平安夜，外面所有的喧嚣倏然消失，忙碌了一年的人们全都回

一颗永远热爱这节的心

归家庭，回到父母身边，真像中国的年三十。全家人一起用晶球、彩灯、精巧的小挂件装饰着圣诞树，最后在树尖上绑上一个大五角星，这是有传统讲究的，因此挑选一棵树尖型美的圣诞树非常重要。此时，夫妻之间、父母与孩子之间都互相准备好了礼物，放在圣诞树下。

　　简单的传统晚餐后，全家人围坐在圣诞树前唱传统的平安夜歌，拆开摆在晶球闪亮的圣诞树下的精美礼物，分享着彼此的惊喜与快乐。连小孩子都会用零花钱或自己动手为父母准备礼物，学会感恩。25日圣诞节来临，这是全家人围在一起吃烤鹅圣诞大餐、亲人互相拜访的日子，是去教堂唱圣歌、聆听教堂

用心装饰好了自己挖来的圣诞树，那种温馨和期盼的喜悦只有亲身体验才知道。

小镇上的圣诞彩灯

交响乐演奏的日子。这也是德国街上最安静的日子，所有商店、公司关门闭户，大街小巷静悄悄冷清清，而家家户户灯光闪烁的窗户透着温馨，大小教堂里暖意融融。

卡汉斯和蕾珍夫妇旅游度假即将归来,邻居们正在装饰他们家的房子以给他们一个惊喜,等他们到家一起畅饮啤酒。蓝白是卡汉斯喜爱的足球队的颜色。

邻居一起迎元旦

圣诞节过后,元旦也就紧跟着到了。元旦是德国的公共假日,但德国人真正庆祝的是元旦前夜,年终最后的夜晚以香槟和鞭炮、焰火迎接新的一年。那些大城市,尤其首都柏林勃兰登堡大门广场上人山人海大联欢,上百万人齐声高喊倒计时的沸腾场面,掀起了德国人民迎元旦的高潮。

不过,柏林的热闹只是我们从电视中的现场直播里感染到的,从未亲自经历过。我们邻居年年有自己的迎新喜庆方式,新年的钟声当当响起时,各家邻居就涌出家门汇拢在小街上,放鞭炮、握手拥抱,祝福新年。然后大家一起聚

用德国啤酒、中国饺子这对儿绝配喜迎新年。

在我家对面的卡汉斯和蕾珍家里，继续喝酒欢笑。这时候我会把饺子、老干妈、二锅头等中国美食带去给邻居们品尝。以温馨开始的长长的圣诞节假期，终于以集体欢笑着进入新的一年而落下帷幕。

我们花园街本来就不长，在尽头处还向左拐了个90度直角，形成个拐把子。可能由于地形的关系吧，我们拐把子上这六户人家来往更多些，关系也更亲密。仲夏傍晚一起喝啤酒消暑；年末冬夜共同欢庆新年；春夏秋冬年复一年为每位邻居过生日。谁家出去度假，都把钥匙留给邻居，帮忙收信件报纸，浇花草植物。留下了道不尽的美好回忆。不管在什么场合喝酒，只要我们六家邻居一起碰杯，我们就都用汉语高呼："干杯！"虽然他们只会

扭着扭着，四个男人就扭成了集体舞。

中国饺子美味啊！

蘸了老干妈辣酱后就这样了?!

一口闷下二锅头就这样了?!

赶快来杯二锅头漱漱口

这一句汉语，但这却是我们的默契，我们的得意。远亲不如近邻，而把我们拐成近邻的，一定是上辈子的国际缘分。

时光慢慢将邻居们带入中老年，虽然他们的身体渐渐不再健壮，但幸福感却在不断提升。他们全心全意地享受生活，工作之余旅游度假开阔视野。丰富的人生阅历，也使他们更加理性更加豁达，更有教养，更懂得珍惜邻里情分，生活进入了最安逸最精致的人生阶段。

邻居蕾珍比我大一岁，有一双迷人的毛茸茸的蓝眼睛。她心地善良，待人真诚，很有涵养，又爱热闹，是那种让人很放松很舒服的女人。前年，因旧癌复发，她时常要去住院治疗，但只要身体稍微有点好转，她就都会来和邻居们

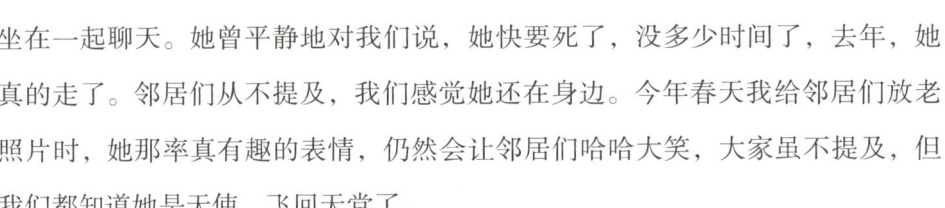

左起:卡汉斯、蕾珍、马丁、安格丽卡、海尔曼、沃夫冈,在小街上等齐邻居后一块去赴生日宴。

坐在一起聊天。她曾平静地对我们说,她快要死了,没多少时间了,去年,她真的走了。邻居们从不提及,我们感觉她还在身边。今年春天我给邻居们放老照片时,她那率真有趣的表情,仍然会让邻居们哈哈大笑,大家虽不提及,但我们都知道她是天使,飞回天堂了。

传承行善美德的"圣马丁节"

德国孩子不过国际六一儿童节,他们有自己的节日,叫圣马丁节。这个在德国代代传承、备受儿童喜爱的节日源自于一个真实的历史人物。

好人马丁的传奇故事

古罗马帝国的普通士兵马丁,是个谦和、善良、极富同情心的小伙子,他经常用自己有限的薪金帮助穷困病人。在马丁成为守城卫队军官时,偶然发生

马丁节中的马丁

的一件事情，改变了他的一生。

有一年的冬天极其寒冷，连续不停的降雪降温使许多穷人在饥寒交迫中冻毙。在一个风雪弥漫的傍晚，当马丁骑着白马巡逻时，看见一个几乎赤裸的乞丐在向路人求救，可是无人理睬瑟瑟发抖的他。马丁深感同情，可他只有随身的武器和一件呢子军氅，甚至军氅都不属于他，那是罗马皇帝的财产，但马丁没有犹豫，他用剑将军氅划成两半，对乞丐说："可怜的人，快披上我的半截军氅吧，很遗憾我没什么别的可以给你了。"乞丐接过半截军氅裹住了快冻僵的身体。

当天夜里，马丁梦见耶稣基督来到他身边。耶稣披着马丁的半截军氅说："马丁，我就是那个乞丐，你救了我的命，你为我做的事就像是对自己的亲兄弟。"此梦彻底改变了马丁的生活。退役后马丁坚定地做了一个修炼的苦行僧，济贫行善，救治伤者。即使后来他被推举担任了地区主教，仍保持一贯的朴素本色，不穿华贵的礼服，不戴统治者的戒指和尊链。后来马丁干脆放弃了大主教的宫殿生活，住在城外一个小木屋里，继续全心帮助穷苦民众，为民奉献一生。这间小木屋后来被民众改建成了圣马丁教堂，现在依然保存完好。

公元397年11月8日，终身传教行善的马丁去世。11月11日，悲伤的百姓从四面八方赶来自发地为他举行了隆重的葬礼。为纪念被天主教誉为圣人同时也被东正教、英国基督新教所崇敬的马丁主教，人们将11月11日定为"圣马丁纪念日"。德国、奥地利、瑞士、荷兰及一些北欧国家均将这一天变成了旨在传承慷慨助人、施爱行善之美德的孩子们的马丁节。每年举行隆重的马丁节游行则成为德国很多地区保持至今的民间传统。

马丁精神的传承

圣马丁节是个纯民间的节日，各地举办的时间略有不同，我们小镇是在每年的11月12日，小镇一代代的孩子都会在这一天"亲历"马丁济贫行善之举。

夜幕降临，身着制服的镇鼓号乐队在巨大的篝火旁演奏着歌颂马丁的乐曲，镇小学的孩子们举着自己制作的灯笼，在老师的带领下，井然有序地排队走向篝火戒线旁。幼儿园的小娃娃们也在父母的陪伴下举着小灯笼前来等待马丁。

黑暗中历史那一幕重现：湿冷的寒风中，一个乞丐哆嗦着诉说难以承受的寒冷，乞求人们的帮助。孩子们紧张得鸦雀无声，无比同情地看着可怜的乞丐。但他们知道不能破坏规矩，不能钻进围拦线内。那一双双纯真的眼睛焦急地巴望着好人马丁赶快到来。

终于，头戴钢盔身披红色斗篷的古罗马军官马丁骑着大白马出现了，他来到乞丐身边，同情地将大军氅扯下一半披在他身上。顿时，四周的孩子们发出欢呼声和

镇鼓号乐队

马丁节的夜晚,马丁骑着大白马来到乞丐身边,扯下军氅披在冻得瑟瑟发抖的乞丐身上,这一情景感动着一代又一代的少年儿童。

孩子们举着灯笼游行。

掌声。马丁骑着马循着场地走到哪里，哪里就响起孩子们激动的歌声，他们还扬起手中的灯笼照亮马丁前面的路。他们感谢马丁，敬仰马丁，希望长大了也能像马丁那样行侠仗义，帮助别人。

马丁策马前行巡逻，孩子们崇拜地提着灯笼兴奋地紧跟其后，再后面是抱着幼儿或推着童车的年轻父母们，最后全镇居民在后面尾随。浩浩荡荡的队伍在鼓号队的伴奏下，唱着祖祖辈辈唱过的颂歌《圣马丁》、《马丁是个好人》、《我举着灯笼前行》，在夜幕中穿过大街小巷。路边热心的街坊在自家门窗前和花园里点缀起火光温暖的灯笼，为马丁的游行队伍添亮增光。

马丁后面跟着提着灯笼唱着歌的小学生们和抱着幼儿或推着童车的年轻父母们，最后全镇居民在后面尾随，在夜幕中穿过大街小巷。

最后马丁队伍来到镇小学的大草坪上聚集，孩子们将用歌声送别马丁和他的卫兵。这时，管弦乐齐鸣，人心激荡，五彩缤纷的焰火腾飞，照亮小镇夜空。

草坪上家乡协会的会员们设置好热酒及小吃帐篷，居民们借马丁的光聚在一起，其乐融融地吃着喝着互相问候着。最开心的当属孩子们，因为马丁还有礼物留给他们。各地过圣马丁节的一个传统是每个孩子都会得到一个拿着烟斗的人形甜面包，象征着马丁的善举。但我们小镇的"马丁"特殊而慷慨：每个13岁以下和72岁以上的居民都会获赠一袋装满软面包、饼干、巧克力、小熊软

收集德国好时光——小镇生活风物记

每个13岁以下和72岁以上的居民均获赠一袋全镇人捐资的马丁节食物袋。

糖和水果的价值十几欧的圣马丁节食物袋。学校内走廊上的一排长桌上摆满了装好食物的大纸袋，志愿者忙着分发礼物，大人孩子秩序井然地陆续经过长桌，接过袋子，带着温暖和关爱回家。

这些食品是谁送的？节日经费从哪里来？我在教室里看到十多位正在忙碌的

举着灯笼唱着马丁歌长大的他们，现在是为下一代效力的马丁协会成员，每年义务组织筹办小镇马丁节。

志愿者，其中四位是我家邻居和朋友。他们都是小镇马丁协会的成员，是每年圣马丁节的组织者。朋友诺伯特（Norbert）介绍说，今年共发放了735袋食物。除了来这里领取的，他们还为一些行动不便的老人送礼物上门。一个月前他们就开始分工合作，挨家挨户募捐集资，统计人数，制作分送礼物袋领取卡，订购食品，订购焰火烟花，预定马匹，筹划活动等等。

当然活动还有小镇其他协会共同协助，比如镇消防协会早早就将消防车分别布置在篝火场地和放焰火现场随时待命。他们负责点燃篝火，活动后熄灭篝火，封路拦住车辆，举着火把护送游行队伍，在放焰火现场施行安全警戒。全镇一代又一代的儿童和小镇居民，在漆黑的夜幕里，在篝火旁、大街上、焰火下，欢度他们的圣马丁节，一年又一年，从未出现过任何险情、失误、踩踏。这就是德国人的做事精神和协会的力量，哪怕只是一个民间自娱自乐的活动，也能举办得秩序井然，顺利安全。

在两个卫兵的簇拥下，马丁策马前行巡逻，消防协会的成员举着火把开道，并在前后左右保护着游行队伍的安全。

所有为这一晚忙碌的人们都是在义务奉献。他们有银行负责人、医生、企业主管、教师、工程师还有普通职员，最重要的是他们都是小镇居民，就连"罗马军官马丁"也是小镇人，不过，这是连他自己的孩子都不知道的秘密。他

孩子们举着自己制作的灯笼，骄傲与自豪洋溢在脸上。

们如此尽心尽力地投入和忙碌，就是为了给孩子们一个期待中的快乐节日，让马丁精神传递下去。

做一个独一无二的灯笼

圣马丁节有个很重要的元素，就是小朋友们手中拿的千姿百态的灯笼。这些灯笼可不是买来的，而是由孩子们亲手制作而成。德国小学教育非常注重动手能力的培养，每年圣马丁节前，制作马丁灯笼理所当然地成为学校各个班级秘而不宣的大手笔制作工程。在老师的带领下，小学生们首先要集思广益，想又新又好的创意，探讨灯笼的色彩及式样设计，然后购买材料，大家一齐动手，分工合作，学习制作。经过连续几天的努力，代表着班级集体智慧和合作精神，还掺杂着与其他班级暗中比拼较劲的灯笼，被精益求精地完成了。学龄前儿童也会在妈妈的帮助下,把自己的小灯笼做出来。

圣马丁节终于到来了,各班的小学生队伍都会亮出自己班独一无二的自制灯笼,那是各色灯笼的大展示。游行队伍中一张张快乐的笑脸,透着节日的兴奋和对马丁的崇拜,还有显摆灯笼的骄傲。

感谢朋友诺伯特·泽维斯(Norbert Sievers)提供本节部分照片
Dank an Herr Norbert Sievers für überlassenes Bildmaterial

居民在自家门窗前的花园里点缀起灯笼,为马丁队伍添亮增光。

打造浪漫的银婚花园

共搭幸福门

本是两条互不相干的平行线，只因爱的缘分而纠缠在一起，从此共同经历生儿育女、柴米油盐，岁月因为有你而丰富多彩，生活因为有你而无所畏惧。

在格外看重历史、尊重生命的德国人看来，每一个生命年轮都值得珍惜，牵手走过25年和50年更要庆祝。在我们小街上，每对夫妻的银婚和金婚庆典，都是头等大事，且不单单是他们夫妇的喜庆，更是所有邻居们的集体欢乐。在小镇生活多年，除了每年都有几次生日派对外，我还参加过几次婚礼、两次银婚庆典和一次金婚庆典。每一次庆典活动都让我深刻体验到德国人对亲朋好友喜庆日子的高度重视、全心投入和真情祝福。

2011年，邻居们每家的信箱里都收到了伊丽莎白和布乌诺夫妇银婚纪念日的聚会邀请。这对中学教师夫妇性情开朗热情，为人真诚大方，是邻居协会活动的热心组织者，深受邻居们的喜爱。为使他们的银婚纪念更加温馨快乐，邻居们行动起来了，每家收到了一份详细的准备工作计划表，包括打造一座"银婚花园"的设计图、具体行动的日期及时间安排、在谁家做什么事情等详细计划。这个计划是邻居们聚在小镇餐馆一起商定的。自然，这一切都背着伊丽莎白和布乌诺夫妇进行。

按照第一个计划时间，邻居们聚集在其中一人家里制作纸花。本来按传统，银婚庆典应该装点银花，但他们夫妇喜欢色彩斑斓，所以我们买来彩色皱纹纸。扎纸花是大家颇为熟练的手工活，邻居们做这些事非常老练，都知道需要自带什么工具。女人扎制玫瑰，男人负责剪细铁丝、裁纸卷、装箱。同时伴随着大杯喝啤酒，大声说笑，主人家还会拿出自家的烈性酒招呼大家。聊天说笑一晚上，几百朵纸玫瑰花、彩纸飘带全部扎好，按颜色装箱完毕。

到了第二个计划时间，有人运来了松柏枝，有人搬来了拱门架，一起制作幸福门。扎松柏拱门是邻居们的熟练工种，剪枝形、扎绑、系花，说笑间一个漂亮的青柏花朵拱门就扎好了。当然，所有装饰材料费用都由大家均摊。几周之后所有准

按计划，邻居们扎做幸福门。

收集德国好时光——小镇生活风物记

幸福门做好了,安装在银婚夫妇家的花园门口。

备工作完毕。

　　一个初夏的周五傍晚,伊丽莎白和布乌诺夫妇银婚纪念日聚会的前一天,从四面八方下班归来的邻居们,拎着各式工具,推着满载的手推车,集聚于伊丽莎白和布乌诺家房前,支上小桌,摆开工具,开始美丽的"装修工程"。房门前摆上两棵"鲜花盛开"的松柏树,门上方挂上簇拥着红心、写着他们名字的两只白鸽,家门小道两旁排列着彩带花球,树丛篱笆扎满了艳丽玫瑰和飘逸彩带。邻居们锯的锯、钉的

邻居们自带工具自己动手为银婚夫妇打造浪漫世界。

钉，绑的绑，干得热火朝天。伊丽莎白和布乌诺夫妇不可以参与劳动，只管搬出一箱箱啤酒，捧出刚出炉的香喷喷蛋糕。

邻家男人又都是德国制造高手，他们互相配合，有条不紊，一切都制造得讲究、结实又精致。结束后又都收拾得很整洁，带走所有垃圾、废物和枝叶，只给银婚夫妇留下一个梦幻般美丽的世界。

邻居们还帮忙在他们家花园里支好大帐篷，摆好桌凳。这个大帐篷和全套花园木制长桌凳是邻居协会的集体财产，供每年邻居节使用，个人家庆典请客也可以借用。

最终成果

邻居们恭祝他们银婚快乐。

银婚庆典

第二天周六傍晚，邻居们打扮鲜亮，欢聚于他们打造的银婚花园，庆祝伊丽莎白和布乌诺夫妇牵手25周年，分享他们的幸福和快乐。欢歌笑语中开始了当晚的庆典。

德国人的庆典注重环境高雅、气氛舒服，还有主宾的参与互动。至于美食是无法与丰盛的中国宴会相提并论的，送礼就更是"礼轻情义重"了。主人客人都无须为此费心破费。他们庆典的真正高潮不是在饭桌上，而是从饭后各种大小酒杯开始。

读邻居们集体签名的银婚贺卡，他们夫妇深受感动。

伊丽莎白和布乌诺夫妇幸福满面，在开始读邻居们集体签名的银婚贺卡时，我注意到，他们的眼角湿润了。很能理解他们此刻的心情，这样的感动和温情我也亲自体验过，很多年前我们的婚礼前夜，邻居们突然从天而降，带来了准备好的各种材料，就像变魔术一样为我们变出一座美轮美奂的青柏玫瑰幸福门，门上还挂着一盏红灯笼。待我走出房门，静谧的夜幕中，高大的幸福门霓虹灯闪烁，青柏玫瑰娇艳欲滴，花园里所有树木开满了我喜欢的红玫瑰和沃夫冈喜欢的白玫瑰，惊喜、温馨、感动像涌动的潮水，在我心里流成了滋润一生的河。从那以后，我也非常愿意能有机会滋润别人的心河。

他们25年间携手共同养育了四个女儿。

我们的结婚纪念日

我俩都喜欢摄影但都不喜欢拍自己,2014年的结婚纪念日,我们邀请朋友们一起庆祝,朋友为我们拍下了珍贵的合影,留住了温馨时刻。

邻居们为海珂的 50 岁生日派对悄悄准备节目。

生命不息，庆生不止

逢五逢十的小庆和"半百"大庆

德国最重要的节日无疑是圣诞节，但对于每个德国人来说，最重要的节日是自己的生日。多年来领教了他们的生日执着症，德国人大概是世界上最爱庆祝生日的种族，他们对过生日有种与生俱来的疯狂，从零岁起就攒足了劲头狂庆生日，年年庆岁岁庆，活到老庆到老。他们对年年飞奔而至的生日是乐观而自豪的，是高度重视、欢呼雀跃的，是一次都不能少的。

我与德国朋友的交往主要集中在两个圈子里：一个是乒乓球协会，另一个是邻居友好协会。每年除了协会的集体活动外，最频繁的聚会就是生日派对：逢五逢十大庆；不逢五逢十小庆，人人百庆不厌，年年乐此不疲。如果我有时间又愿意，几乎每个月都有生日庆典可以参加。

  他们庆祝生日的形式多种多样。不逢五逢十的生日一般在家里庆祝，虽然年年类似却年年不含糊：漂亮的桌布、讲究的餐具、精致的各种配套酒杯，鲜花更是不可或缺。长案上摆着自助餐：两三道主菜（主要是浇上浓汁的大块肉），由面条、土豆、鸡蛋、蔬菜、水果等等调制出的各种沙拉，各式面包及各种奶酪。饭后有各种甜布丁和蛋糕。饭后，刀叉盘碟撤下，饮酒正式开始。主人拎着装满各种白酒、果酒、红酒的篮子，不时挨桌巡走，为每个客人斟上合口味的美酒。至于啤酒那是论桶喝的。酒到酣处，欢声笑语、手舞足蹈、打趣逗笑，高潮迭起，直至后半夜。这是小庆。

海柯和双胞胎姐妹在50岁生日派对上。

德国人一生中最看重的生日是50岁生日，或许是因为"百岁寿辰"不容易庆到，"半百寿辰"就要加倍努力吧。德国人庆生日，喝酒吃饭不是重点，更主要的是有趣的活动内容。"五十大寿"一般是在饭店里或者租个活动大厅庆祝，装饰温馨喜庆，餐饮美味丰富，寿星笑意盈盈。被邀请的来宾大都打扮光鲜，不仅带来精美的礼物，还会有节目表演，当然节目是事先已经排练好的，只是瞒着主人，要给寿星一个意外的惊喜。这些自编自导的节目总是巧妙地将寿星编排进去，逗得大家前仰后合。

跳"天鹅湖"和表演莎士比亚戏剧的庆生会

我的邻居们在搞庆生节目这方面绝对算得上行家，我们还有个称职的"街道主管"，一位邻家中年帅哥——卡利。卡利是个银行管理人员，素日西装革履不苟言笑，在陌生人眼里绝对是"傲慢的日耳曼"型，但在朋友面前他爱说爱笑妙趣横生，扭起迪斯科像极了唐老鸭。有他这样的活跃分子，我们邻居友好协会的节目总是最热闹的。但在一次朋友的生日晚会上，

帅哥卡利

小镇保龄球协会的一帮男子汉反串出演了一场芭蕾舞《天鹅湖》，让我们甘拜下风。八个浑身毛茸茸的壮硕"天鹅"，上穿吊带白背心、下系短白纱窗帘，光着毛腿，踮着脚尖，鱼贯入场，当即笑翻了所有人。在优美浪漫的《天鹅湖》乐曲声中，一群除了头顶浑身上下"茅草"茂密的"肥天鹅"们，认真而笨拙地踢腿、旋转，还不时跃跃欲试地来个大跳，就是落下时地板被砸得"咚咚"直响。卡利也舞在其中，因为他也是本镇保龄球协会成员。

人家这场芭蕾舞可不是胡乱蹦跶，半年前他们就专门开会，制定了节目内容，并花钱聘请专业舞蹈演员，为他们设计动作，指导排练。德国人做事认真讲究不仅体现在工作上，就是娱乐也真心投入。平心而论，除了肥点儿、毛茸了点儿，"天鹅"们的舞姿还真挺整齐像样。

不仅客人，寿星主人也会策划有趣的娱乐游戏。一年夏天，一位邻居的五十大寿派对，餐厅布置漂亮、食品丰盛，晚餐之后几小时又摆出了各种小吃。令人称奇的是，午夜时分端出的精美诱人的各式蛋糕，上面竟然是寿星的照片，一个个硕大的蛋糕上印着寿星少女时代的靓影，清晰而色泽逼真。虽然客人们围着美色赞叹不已，但终究经不起秀色可餐的诱惑，最后那"美丽的眼睛"、

海珂的朋友们演出莎士比亚爱情话剧，全都受伤倒地了还得照单念台词，笑翻观众，悲剧演成了喜剧。

"性感的嘴唇"等，都被切下来吃掉了。

这些还不是这个生日晚会最大的亮点。寿星是中学老师，或许是经常组织学生搞活动，从进门开始客人们就始终被各种游戏调动着，这些游戏涉及寿星的各个朋友圈子，为了取胜拿到奖品，近百名宾客必须互相咨询互相协作，到晚会结束时，原本素不相识的人都变得依依不舍了。

那晚我被"火"了一把，因为有一道脑筋急转弯问中国的交通部长叫什么名字，客人都跑来咨询我这个唯一的中国人。可惜，我已离国很久，哪里知晓现任交通部长的大名。这道题的标准答案是：Um-Lei-Tung（Umleitung 意为改道、绕行），音读成：吴－来－通。只因这个单词发音像中国人名，词意又与交通有关。

常参加德国朋友的生日派对，本来就爱玩的我学到了好多乐子、点子，洋为中用，我时常将其搬到中国朋友圈子的聚会上，同样受欢迎，我也成了朋友们的开心果。

德国人过生日也和做其他事情一样，早早做好计划。尤其是大型生日派对更是提前好几个月就发出请帖。请帖也不含糊，由主人自己设计制作，上面除了写好具体时间地点和联系电话，还要求客人在指定的时间内给予明确的答复，可不能像中国人的习惯那样，到时再说。客人一旦确定参加，就会将日期记录在记事本上，以后那天再有其他邀请则一律拒绝。德国人的契约精神和信誉，体现在生活中的每个细节。

2007 年我们在海南岛旅游时，机缘巧合认识了住在同家宾馆的一对德国夫妇乌韦和佩塔，彼此成了

50 岁的佩塔光彩照人，快乐无比。

朋友。有一天，我们收到了佩塔的邀请函，请帖上印着她的大幅彩照，标题写着"我就要50啦！"热情洋溢地邀请我们参加她的生日晚会。看日期就在本周末，正纳闷儿怎么这么紧促，再细看，嗨！原来是第二年的这一天。还差整整一年呢，真没见过这么迫不及待往50岁里挤的，居然提前一年就预

在佩塔的50岁生日派对上，朋友们为她跳起牛仔舞。

订好了庆生餐馆，请好了客人。佩塔的生日派对温馨美好，50岁的佩塔头发高挽，长裙曳地，明星般光彩照人，各个朋友圈子纷纷为她制造的惊喜快乐使她感动到泪奔。生命历程中又刻下了难忘的一天。

夹在德国人堆儿里，我这个中国人怎么过生日？我是入乡半随俗，随心所欲。有心情有时间，我就请客，当然是请中餐，这也是他们的期盼。近两年图省事我教会了他们吃火锅。但无论怎么讲解演示，也就是第一锅能按照正规程序涮，随后就完全乱了套，火锅变成了"乱炖"。我也不讲究，反正他们快活就好。不过火锅也不是年年有，赶上没兴趣又很懒，我就装聋作哑悄无声息。可是即便不请客，到了生日那几天，出门碰到邻居，他们都会拥住我送上一堆热情的生日问候，晚上也会有祝福的电话打来。开始我挺诧异：他们怎么能记住我的生日？后来才知道，德国人家家都必备有一个厚厚的生日簿，上面记录着所有亲戚朋友街坊熟人的生日。不管人家邀不邀请，到时都会打个祝福电话过去。

尽管同事之间没有多少私人交往，但生日的快乐还是要分享。生日那天订好面包蛋糕之类带到办公室，小小招待一把同事们，这也是德国公司同事间的一个温馨传统。

我婆婆

筹办婆婆的85岁生日庆典

在我们小镇有个规矩，凡是80岁以上的老人过生日，市长或副市长都会代表市政府亲自送来鲜花和贺卡表示祝福。我婆婆85岁寿辰时，我亲自为她筹划组办了一场大型庆生晚会。市政府不知从哪里听说了，副市长带着鲜花赶来祝福，并等到活动开始致辞完毕，就空着手离开了。没人觉得有什么特别，婆婆更是理所应当地受用，只有我有点过意不去，想挽留她吃饭。我先生说，她不会吃的，周末她自己家里也有事情。德国官员为民众做事是应尽的义务，没人给送礼，他们也不会要。对他们的尊重就是，完成了工作之后别再多占用人家的时间，他们的家庭同样需要亲情。

邻居们在说笑表演中赞颂我婆婆。

一颗永远热爱过节的心

我为婆婆张罗的这场庆生晚会非常成功，我们编排了中国节目，还走了唐装秀，让德国客人欢呼雀跃掌声不断。我的两位青年华人朋友跳起劲舞，青春张扬，活力四射，嗨翻了全场。我很骄傲，我们把中国风刮进了德国小镇。事后邻居们还时常赞起。

女副市长（中）为我婆婆85岁生日送来鲜花和贺卡。

世界上最宝贵的是人的生命，每平安地走进一个新的年轮，开始新的人生历程，都值得珍惜和感恩。而每个生命的价值都是相同的，与职位高低无关，与财富多少无关。也许这就是德国人特别注重庆祝每一个生日的缘由，也是德国人真诚地为每个"寿星"创造专属快乐的缘由吧。岁月尽管留不住，但快乐可以洒一生。

我们的中国朋友们在我婆婆85岁寿辰的晚会上刮起了中国风。

后记

美好的生活仍在继续

洪莉

25年的异国生活阅历,像浪花飞溅、叮咚奔涌的泉溪,让我滔滔不绝,倾诉不尽。书,画上了句号,莎蒲森小镇的美好日子,仍在继续……

53年岁月留下花香依旧

小镇周刊刊登的关于小镇花店女店主的优美诗文

今年5月下旬的小镇周刊上,刊登了一篇关于小镇花店店主玛蕾讷·堪德斯(Marlene Kandens)女士的充满深情厚谊的优美诗文:

在美丽的紫藤花掩映了53年的莎蒲森小花店。

女店主玛蕾讷,为鲜花事业忙碌一生,也顺便成为了倾听顾客聊天的好伙伴。

这漫长而又充实的花仙子生涯,至5月31日止,玛蕾讷将告老还家。

从此,她将在自家花园里继续侍弄花草,与丈夫汉斯和孙儿提姆以

换了主人的小花店又重新开张了。

新开张的小花店多了一份优雅的艺术格调。

及朋友们厮守,颐养天年。

玛蕾讷要对每一位顾客说,感谢你们的信任!当然也想表达,离开你们的伤感。

贝蒂娜·朱丽谢女士将接手继续经营小花店。祝愿她和小花店一切顺利!祝福大家!

七十多岁的小花店店主玛蕾讷退休了,5月31日是她在花店上班的最后一天。那天,好多村民自发来到小花店,与玛蕾讷辞别。小花店里温情洋溢,香槟交盏,话语绵绵,从50年前一直述说到今天。

下班的时间到了,村民们拉出了事先装饰好鲜花的木头拉车,请玛蕾讷上

一个朴实老旧的农庄木衣柜，变成了新花架。

车入座，前面拉绳，后面簇拥，热热闹闹地穿街过巷。小镇人将为小镇花店默默奉献了一生的玛蕾讷，像对待女王般地护送回家。

经过两周简单布置，小花店重新开张了。新店主是位中年女性，叫贝蒂娜·朱丽谢（Bettina Juelicher）。原本温馨自然的小花店，经过贝蒂娜的巧手装点，又平添了几许优雅的艺术格调。尤其，一个本该丢掉的朴实老旧的农庄木衣柜，被随意涂抹几下淡淡的浅色油漆，然后被搬来立在窗边充作花架，不由得令人眼前一亮，惊艳无比。

新主人贝蒂娜正忙碌地招待前来贺喜的客人，我就和来帮忙的她的先生聊起来。他说，贝蒂娜非常喜欢花草，一生的理想职业就是开家花店。很多年前他们路过这里时，贝蒂娜立刻被挂满紫藤花穗的小花店迷住了，惊喜地说，这就是她梦中的小花店！她顾不上矜持，向老店主表达意愿，询问接手这家小花店的可能性并进行商榷。等了几年，老店主终于将"蓝雨点"小花店移交给她，成全了她的梦想。

德国人管紫藤花叫"蓝雨点"，亦紫亦蓝的紫藤花盛开时，纷纷洒洒，垂垂挂挂，就像窗外纷纷飘下大雨点儿。贝蒂娜将梦中的小花店注入了浪漫、雅致、艺术的气息。温馨的"蓝雨点"，将继续为小镇人慢悠悠的恬静生活装点美丽。

土豆小木屋鸟枪换炮

村外哈斯曼农庄的日子，依然不紧不慢，但农庄的土豆小木屋却与时俱进，鸟枪换炮了。一栋敦实的瓦顶砖墙小石屋诞生了，替代小木屋，成了本农庄自家土豆、鸡蛋的新自取售货屋。

比起小木屋，小石屋更高大结实，里面也略宽敞。但售货方式依旧，木架子上放着一袋袋新鲜土豆，品种、价格写在小黑板上。门边的墙

农庄墙木匾上写着农庄建于1224年。

土豆小石屋墙上依然贴着"食物拎走，钱扔进去"的指示牌。

木架子上放着新鲜土豆，价格写在小黑板上。

上依然贴着那张"食物拎走，钱扔进去"的说明牌。小木屋墙上贴着的拎着土豆的中国四美女图，还有那些赞誉留言条，当然也都全体被搬到了小石屋的墙上。

今年7月我们去农庄买土豆时，巧遇了农庄少庄主。略带腼腆的少庄主跟老沃聊了好一会儿，关于这个老农庄，关于土豆，还回答了我和朋友的各种好奇问题。

退休了的红色小木屋并没有被拆除，它将迎来新的使命。少庄主说，他母亲准备在小木屋里安置一套小小的煮咖啡设备及杯具，并放上蛋糕甜点。路过的骑车郊游客，或来买土

英俊的农庄少庄主和新建的土豆小石屋。

坐在这里喝咖啡，想想都惬意。

红色小木屋将变成自助咖啡屋。

豆的客人,如果有闲情逸致,可以自取咖啡和蛋糕,坐在摆在田边的小桌椅上,欣赏田园,悠然小歇。小咖啡屋的经营方式依然是无人、自助,"咖啡端走,钱扔进去"。

我们听了无比惊喜,这该是多么美妙多么浪漫的咖啡小木屋啊!坐在苗青麦黄的田边,啜着香气四溢的咖啡,顾盼四季原野风情,画在眼里,人在画中。

憧憬着那幅童话情景,想象着那份恬静惬意,我已经迫不及待……

到我家的朋友,我一定带你来这里品小木屋自助咖啡。即使你到过高大上的七星级咖啡馆,你又哪里能享受到咖啡小木屋那份草香扑鼻,清风柔面,风景如画,放松自在呢?

2016 年 7 月于莱茵河西岸莎蒲森小镇

致 谢

洪 莉

　　终于，将思维碰撞、触动感悟、理解融入以及快乐生活了 25 年的德国阅历中的点点滴滴，记录结成了《收集德国好时光—小镇生活风物记》和《收集德国好时光—认识德国骨子里的气质》这两本书。

　　在一年多的写作中，在采访、拍照和收集资料时，我有幸得到多方的帮助和支持，对此，我只有由衷地感谢，感谢理解，感谢信任。

　　我感谢，我的花园街的街坊邻居们。即使我不能像你们那样自如流畅地讲德语，不像你们那样酷爱啤酒，可你们仍然真诚地接纳我，真心地喜欢我。虽然你们那些暗喻重重的幽默笑话、民间典故大都让我懵懵怔怔，可一旦我听懂领会后会情不自禁地开怀大笑，而这居然可以让你们那么喜滋滋那么得意那么有成就感。

　　感谢你们，给我讲述家族故事、德国民俗，与我坦言对时事的看法。
　　Vielen Dank unseren Nachbarn.

　　我感谢，我的乒乓协会的朋友们。感谢你们，对我这个天生缺乏德国协会奉献精神的不合格会员的包容和接纳。感谢你们为我讲述协会成立至今的有趣故事，感谢你们对我的信任和期待。
　　Vielen Dank dem Tischtennisverein.

　　我感谢，德西小镇莎蒲森，我的第二故乡。在这个和谐安详的田园小镇里，我生活得自由自在，无忧无虑。我感谢，市长和村民们对我的信赖，欣然接受我的采访，并为这套书得以出版而自豪。

Vielen Dank den Bürgern der Gemeinde Rheurdt Schaephuysen und dem Bürgermeister Kleinenkuhnen.

我虽然是个理工女，但天生喜欢幻想，喜欢文学，喜欢写作。在德国，我实现了我的这个梦想，有缘成为德国《华商报》的记者、编辑。我感谢，德国《华商报》主编修海涛先生，他在德国及欧洲历史、宗教史方面的深厚的专业知识，及对德国各方面的深入认知和了解，对我近十年来的采访、报道、写作等工作，给予了许多帮助和指点。我感谢，德国《华商报》编辑部的伙伴们，不论是在工作中还是在生活中，我们都是那么知心快乐，融洽和睦。

Vielen Dank den Kollegen der Redaktion der Chinesischen Handelszeitung mit dem Herausgeber XIU Hai Tao

我感谢，有缘结识德国普华永道合伙人王炜等很多工作在德国公司或中资企业中的朝气蓬勃、聪明能干的华人朋友，还有很多在德国勤奋创业、努力工作的华侨及侨领们。他们为中德两国政府、企业及民间的政治、经济、文化交流作出了巨大贡献，从他们身上我学到了很多东西。我感谢，我身边亲密的华人伙伴们，同样融入德国生活的阅历和感受，使我们彼此理解，情感交融，共同成长。

Vielen Dank auch allen chinesischen Freunden in Deutschland.

我还要深深感谢这两本书的两位编辑陈志姣和朱悦。她们认真负责，勤奋敬业，为做好这两本书，我们一起经历了无数次的沟通和商榷。她们的青春活力，也为这两本书注入了特别的浪漫激情。我由衷地感谢她们！

Vielen Dank auch den Mitarbeitern Frau Chen Zhijiao und Frau Zhu Yue des Verlags

Hua Xia Publishing House in Peking, die dieses Buch optisch gestaltet und gedruckt haben.

我还要感谢我儿子可为（Kewei）帮助我更多认识德国教育体系，了解德国青年一代，帮我查询资讯。我还要感谢朋友吴凌和杨悦，她们以娴熟的专业德语和优美的中文表达，帮我完美地翻译了德文。

Vielen Dank den Hilfen bei Übersetzungen an meinen Sohn Kewei, Frau Wu Ling und Frau Yang Yue.

最后，我要深深地感谢亲爱的老沃——我的先生沃夫冈·卡利斯克（Wolfgang Kalischke）。老沃为人真诚善良，助人为乐，和中国朋友们来往密切、关系融洽，热情招待每一位到我们家来做客的中国客人。在我们这个中德家庭里，不存在中德文化差异。在他身上，我感受到了很多德国这个国家民族的优秀品质，学到了很多以前不懂的东西。

老沃是名机械制造工程师，在德国制造业工作了一辈子，对德国工业界有很深的了解，有着丰富的工作经验。但他不是呆板的理工男，他兴趣广泛，爱读书，爱旅游，爱体育，爱开玩笑。他对历史、文化、民俗传统等等都有很多的了解。他非常支持我写这本书，并为我提供了大量的素材和帮助，随时解答我的问题。可以说，没有他，就不会有这本书！我由衷地感谢他！

Vielen Dank zum Schluss an meinen Mann, der mir die Kontakte hergestellt hat und mich in allen Dingen geholfen hat.

生活中有很多美好，很多新奇，待我们去发现去体验。亲爱的读者，若您在阅读本书中，能对德国社会、德国生活有所了解和认知，作为作者我将会感到非常欣慰。感谢您的阅读！